Manfred Hilberger

Flügelschlag der Engel

Romantische, rührende und
traurige Erzählungen zum
Nachdenken über das Leben,
die Liebe, das Sein und den Sinn

Dieses Buch ist meiner unsterblichen Schäferhündin ‚Olga' gewidmet – oder dem Engel, der sie nun ist...

2. Auflage, Juni 2008.
(1. Original-Auflage erschien im April 2008).

Herstellung und Verlag: Books on Demand GmbH, Norderstedt.

Umschlaggestaltung & Grafik: M. Hilberger / Portrait-vom-Foto.com
Lektorat, Fotos, Satz & Layout: Hilberger-Music.de

Kontakt: **www.hilberger.de**

Bibliografische Information der Deutschen Nationalbibliothek
Die Deutsche Nationalbibliothek verzeichnet diese Publikation in der Deutschen Nationalbibliografie; detaillierte bibliografische Daten sind im Internet über http://dnb.d-nb.de abrufbar.

© 2008 Manfred Hilberger
ISBN 978-3-8370-2766-2

Vorwort

Wie viele Menschen, interessierte auch ich mich schon immer für Fragen nach dem Sinn unseres Seins, des Lebens, der Liebe, dem Tod und der allumfassenden Frage ‚warum?'. Dabei bin ich der Auffassung, dass wir viele Antworten darauf ganz oft in unserem Leben selbst finden können, wenn wir nur genau genug hinschauen.

Inspiriert durch den Tod meiner Schäferhündin, die neun Jahre lang meine beste Freundin und treueste Begleiterin war, habe ich versucht, meine Gedanken zu diesen Themen in kurzen Erzählungen zu umschreiben. Dass dabei in jeder Kurzgeschichte Engel eine Rolle spielen, soll unterstreichen, dass wir Menschen, die wir oft von Leid und Ungerechtigkeit heimgesucht werden, manchmal einfach etwas genauer hinsehen sollten, wenn wir einen Sinn erkennen wollen.

Die Engel in diesem Buch sollen helfen, manche aussichtslos und negativ wirkende Situation in unserem Leben vielleicht ein kleines bisschen besser verstehen und ertragen zu können. Ich würde mir wünschen, dass die Erzählungen, die manchmal rührend, manchmal romantisch, traurig, ergreifend und auch aufmunternd sind, dazu animieren, über das Leben, die Liebe, Freundschaften, Zeitmangel und den Sinn von alledem nachzudenken und gelegentlich etwas mehr das Gute im vermeintlich Schlechten zu erkennen.

Wenn es mir gelingt, dem Leser gelegentlich ein Lächeln oder auch eine kleine Träne ins Gesicht zu zaubern, dann hat sich das Schreiben für mich gelohnt...

In diesem Sinne wünsche ich viel Freude beim Lesen auf und zwischen den Zeilen!

Manfred Hilberger

Inhalt

Weihnachtsengel

Es war Weihnachtszeit. „Ach", seufzte sie leise vor sich hin, „wäre dieses beschissene Jahr doch bloß schon rum."

Früher hatte sie sich immer so auf dieses besinnliche Fest gefreut. Aber der Glanz, den sie als Kind bei dem Gedanken an Weihnachten in ihren Auge hatte, war für sie jetzt nur noch in der bunten Lichtreklame zu sehen, die die Massen zum vorweihnachtlichen Konsumieren bewegen sollte. Diese Feiertage bedeuteten doch nichts weiter als wochenlangen Einkaufsstress in überfüllten Fußgängerzonen und Einkaufscentern. Und wenn der heilige Abend dann kommt, würde sie wieder traurig und alleine darüber nachdenken, wie schön dieses Fest doch sein könnte, wenn sie es mit dem Mann ihres Herzens verbringen könnte.

"Es soll halt nicht sein. Die da oben wollen scheinbar nicht, dass auch ich mal glücklich bin", murmelte sie zornig mit Tränen in den Augen, während sie wieder schwermütig an ihren Herzensmann dachte.

Natürlich, es hatte auch bessere Zeiten gegeben, in denen sie sich auch als Erwachsene auf Weihnachten freute. Aber es war schon einige Jahre her, als sie in einer Beziehung war, die glücklich zu sein schien. Aber auch ihr damaliger Partner hatte ihr ja letztendlich nichts weiter gebracht, als Schmerz und Leid. Er war ja nach einiger Zeit der Auffassung, seine Liebe zu ihr nicht mehr zeigen zu müssen. Lieber stürzte er sich in seine Arbeit und verbrachte seine Freizeit mit seinen Kumpels oder vor dem Computer, als dass er sich um sie gekümmert hätte. Sie sah sich damals dazu veranlasst, diese Beziehung zu beenden, da er sie offensichtlich nicht liebte.

Als sie ihm sagte, dass sie in dieser Beziehung unglücklich sei und ihn fragte, ob er sie überhaupt noch liebe, hatte er die Dreistigkeit besessen, zu antworten: „Natürlich liebe ich dich.

Aber wenn du mit mir unglücklich bist, so solltest du mich wohl verlassen, um dein Glück zu finden."

"Mein Gott, wieso sind die Männer bloß solche Schweine?", sprach sie vor sich hin, als sie an diese lang zurückliegende Beziehung dachte. „Der besaß doch tatsächlich die Frechheit, mir vorzulügen, mich zu lieben und im gleichen Atemzug zu sagen, dass ich doch gehen könne. Es ist nicht zu fassen."

Und so verließ sie ihn dann auch und seither ist sie alleine. Ganz alleine mit sich selbst. Es kann ein schönes Gefühl sein, alle Freiheiten zu besitzen, niemandem Rechenschaft ablegen zu müssen und auf niemanden Rücksicht nehmen zu müssen. Aber nicht an Tagen wie diesem. Nicht an den Tagen der Vorweihnachtszeit, schon gar nicht an Weihnachten selbst und auch nicht an ihrem Geburtstag und all den vielen anderen Tagen im Jahr, an denen sie doch so gerne mal wieder gespürt hätte, von einem Mann geliebt zu werden.

Nun, generell war sie kein Kind von Traurigkeit. Ihre Kollegen und Bekannten schätzten sie stets als lebenslustig und froh ein, ohne zu wissen, welche Einsamkeit und Traurigkeit oft hinter der Fassade verborgen lag.
Und auch die Männer, die sie in der Zwischenzeit näher kennen gelernt hatte, entpuppten sich stets als nicht wirklich liebenswert. Entweder sie wollten sie nur sexuell ausnutzen, ohne Gefühle zu entwickeln, oder sie waren verweichlichte Muttisöhnchen, die nicht wussten, was sie wollten.
Aber wenn mal ein Mann Gefühle für sie entwickelte, so war sie leider nicht im Stande, diese auch zu erwidern.

Aber jetzt war da dieser Mann, den sie liebte. Ja, sie war sich sicher, dass es nicht nur ein oberflächliches Gefühl von Verliebtheit war, sondern eine tiefe Anziehung, die sie als Liebe bezeichnete. Und in ihrem Inneren wusste sie einfach, dass er der Mann war, der für sie bestimmt war. Sie könnte es nicht erklären, aber sie wusste, dass sie einfach zusammen gehörten. Aber es tat so unsagbar weh, dass er dieses Gefühl nicht oder noch nicht mit ihr teilte.

Unzählige Gespräche hatte sie in den letzten Monaten geführt, in denen es ausschließlich um diesen Mann ging. Viele ihrer Freundinnen und Bekannten sagten ihr aber seit einiger Zeit nur noch, dass sie ihn doch endlich abhaken möge, da es doch offensichtlich zu sein schien, dass er einfach nicht die gleichen Gefühle für sie hegte. Sie hörte immer wieder, dass er ihr nicht gut tue und sie endlich loslassen müsse. Sie konnte dieses Wort Loslassen schon nicht mehr hören.

Wie lässt man los? Lässt man einen Herzensmann los, wie einen zu heißen Kochtopf, um sich nicht zu verbrennen? Wie sieht es überhaupt aus, wenn ein Herz einen Menschen festhält und wie kann man das Herz zum Loslassen bringen? Diese Fragen konnten ihre Freundinnen nicht beantworten. Sie sagten immer nur: „Du musst ihn endlich vergessen. Such dir einen anderen, lenk dich ab."

Aber wenn man einen zu heißen Kochtopf in der Hand hält, so wird man diesen doch auch nicht los, in dem man den Topf weiter in den Händen hält, um damit zu einem Laden zu gehen und sich dort einen neuen, anderen Topf zu besorgen. Ein neuer Kochtopf würde bestenfalls dazu führen, dass man den alten dann endlich los lässt, um den neuen halten zu können, aber den neuen würde man gar nicht lange halten können, weil dazu die verbrannten Hände viel zu sehr schmerzen würden.

Wie also lässt man einen Mann los? Oder zeigte das Beispiel des Kochtopfs nicht viel mehr, dass es Dinge und eben auch Männer gibt, die nach dem Loslassen so oder so tiefe Wunden zurück lassen würden? Macht es dann nicht mehr Sinn, alles dafür zu tun, dass der Topf gar nicht erst so heiß und verletzend wird und man ihn somit gar nicht loslassen muss?

Ihr schwirrte so viel durch den Kopf. Dieser Mann hatte sie ja eigentlich nie verletzt. Er war nicht, wie ein zu heißer Topf. Und daher wollte sie ihn ja gar nicht loslassen. Im Gegenteil, sie wollte doch nur eine Chance, ihm ihre Liebe zu zeigen und diese erwidert zu bekommen.

Nunja, es gab auch viele Gespräche mit Ermutigungen, an diesem Mann festzuhalten. Es gab auch ein paar Freundinnen, die ihr sagten: „Wenn du tief in dir drin spürst, dass er der richtige ist, dann ist er es auch.", was ihr natürlich immer wieder Hoffnung gab. Aber was hatte sie nun davon? Sie wartete seit Monaten auf ihn und saß nun vor diesen überteuerten bunten Weihnachtsartikeln und wünschte, dass dieses traurige Fest, das allen Anscheins nach ohne ihn stattfinden würde, doch bloß bald hinter ihr läge.

Sie steigerte sich dermaßen in ihre Gedanken, dass sie regelrecht zornig wurde. Tränen der Wut standen in ihren Augen, als sie plötzlich zur Zimmerdecke aufblickte und schrie: „Warum machst du das, Gott? Hasst du mich? Warum lässt du mich immer nur so leiden? Was hab ich denn verbrochen? Ich wollte immer ein guter Mensch sein, reiße mir für alle den Arsch auf und von dir kriege ich einen Tritt nach dem anderen! Wenn es dich gibt, dann schick mir doch mal deinen tollen Weihnachtsengel, damit er mir hilft!"
Sie wurde immer erregter und fügte hinzu: „Ach, das kannst Du nicht? Warum denn nicht? Es gibt dich wohl gar nicht!? Oder hasst du mich so? Ich will jetzt deinen verdammten Engel sehen, sonst hasse ich dich auch!"

Dann wurde es still. Ganz still. Nicht einmal ihr Weinen war noch zu hören.

Es dauerte lange, bis sie aufstand und weiter ihre Einkaufstüten auspackte. Es schien, als würde sie nichts mehr denken können. Ihr Kopf war leer. Aber auch ihre Wohnung blieb leer.

Kein Mann, kein Engel, kein Gott. Nichts.

Es vergingen zwei weitere vorweihnachtliche Tage voller buntem Treiben auf den Straßen. In ihr aber war kein buntes Treiben mehr zu vernehmen. Den Kollegen war aufgefallen, dass es ihr nicht gut zu gehen schien, denn ihr sonst fröhliches Lachen war zwei Tage lang nicht zu hören. Niemand aber wagte es, sie darauf anzusprechen. Und wenn es jemand getan hätte, hätte sie selbst nicht ausschließen können, dass sie entgegnet hätte, dass sie dieses beschissene Leben, in dem es keinerlei Gerechtigkeit gibt, einfach satt hat.

Am Morgen des dritten Tages wachte sie ebenso deprimiert und freudlos auf, wie an den beiden Tagen zuvor. Sie hatte zur gar nichts mehr Lust und beschloss, sich im Betrieb krank zu melden. So verbrachte sie den Vormittag lustlos auf dem Sofa und hatte nicht einmal mehr Interesse daran, sich Gedanken über diese ungerechte Welt zu machen.

Plötzlich riss das schrillende Telefon sie aus ihrer Gedankenlosigkeit heraus.

„Hi, ich bin`s", erwiderte eine männliche Stimme ihr müdes „Ja?"

„Wie geht es dir?"

Einen ganz kurzen Moment musste sie nachdenken, wer dieser Anrufer war. Dass es ihr geliebter Herzensmann nicht war, fiel ihr jedoch zu ihrem Bedauern sofort auf.

„Ach, du bist`s", sagte sie überrascht, als ihr bewusst wurde, dass es ihr Ex-Freund war, zu dem sie seit vielen Monaten gar keinen Kontakt hatte und auch in den ganzen letzten Jahren nur sehr sporadisch.

"Ich musste vor ein paar Tagen irgendwie an dich denken und dachte mir, wir könnten ja mal wieder einen Kaffe zusammen trinken", setzte der gut gelaunt klingende Mann das Gespräch fort.

„Äh, ja, können wir mal machen", entgegnete sie hörbar überrascht.

So traf sie sich noch am gleichen Tag mit ihrem Ex-Freund in einem Bistro. Sie war sogar eine halbe Stunde dafür gefahren, damit sie nicht von irgendwelchen Kollegen entdeckt werden könnte, da sie sich ja krank gemeldet hatte. Auf dem Weg dorthin fragte sie sich, ob sie nicht doch besser umkehren sollte, anstatt sich ausgerechnet mit dem Mann zu treffen, der ihr vor einigen Jahren zwar vorgaukelte, sie zu lieben, sie aber einfach kampflos gehen ließ. Aber ihr Auto schien den Weg dennoch fast wie von selbst zu finden.

Nach ein paar üblichen Floskeln fragte sie ihren Ex dann aber dennoch recht schnell, warum er sie damals einfach hat gehen lassen.
„Das habe ich nicht", sagte er. Sie hielt es für besser, dazu nichts zu sagen, da sie in dem Moment dachte, dass er ein unverbesserlicher Dummschwätzer sei, der seine Fehler nach wie vor nicht zugeben wolle.

Im Laufe des Treffens erzählte sie ihm davon, dass sie unglücklich verliebt sei und den Glauben an die Gerechtigkeit verloren habe. Ja, sie sagte ihm sogar, dass sie ihren Glauben an Gott verlor.
„Warum?", wollte ihr Ex interessiert wissen.
„Ach, ich habe vor drei Tagen das letzte Mal in meinem Leben gebetet. Ich bat Gott darum, er möge mir einen Engel schicken, um mir zu zeigen, dass es doch noch so was wie echte Liebe gibt. Aber es gibt keine Engel. Jedenfalls nicht für mich."

Ihr Ex-Freund neigte fragend den Kopf leicht zur Seite, fing sanft an zu lächeln und sagte mit beruhigender Stimme: „Aber hier bin ich doch."

Zynisch lachend sagte sie: „DU?! Du bist ein Engel? Nimm es

mir nicht krumm, aber das ist nicht nur das hochgradig arroganteste, was ich je gehört habe, sondern auch das lächerlichste. Ich wollte einen Engel, der mir zeigt, dass es Liebe gibt. Einen, der mir zeigt, dass auch ich mal Glück haben und geliebt werden kann, wenn auch ich liebe. Du hingegen bist einer der Männer, die mich ausschließlich vom Gegenteil überzeugt haben".

"Weißt Du", sagte ihr Ex mit ganz ruhigem und warmen Tonfall, „wenn du mich nun so auslachst, dann lachst du nicht mich aus, sondern dich. Du wolltest einen Engel, der dir zeigt, dass es wirklich wahre Liebe gibt und dass du geliebt werden kannst, wenn auch du liebst. Und hier bin ich."

Sie begann nach ihrem Autoschlüssel zu suchen und sagte: „Lass uns gehen, ich bin nicht in der Stimmung, mir diese Scheiße anzuhören. Du hast mich nie geliebt. Du hast mich kampflos gehen lassen, obwohl du behauptet hast, mich zu lieben. Fandest Du das gerecht?!"

"Nein", sagte er, „gerecht war es vielleicht nicht, aber ich habe nie aufgehört, dich zu lieben. Und kampflos war ich schon gar nicht. Nur habe ich im Gegensatz zu dir schon viel früher gelernt, dass unser Lebensinhalt nicht die Gerechtigkeit ist, sondern die Geduld. Ich hätte dich nicht zurück bekommen, wenn ich versucht hätte, um dich zu kämpfen, in dem ich gegen Deine Argumente ankämpfe. Mein Kampf war für dich nicht sichtbar, jedoch habe ich immer um dich gekämpft. Nämlich, in dem ich gegen meine Ungeduld gekämpft habe."

"Was soll das heißen?", fragte sie immer noch leicht zornig, aber dennoch interessiert klingend.

„Nun, ich wusste immer, dass wir zueinander gehören und war mir sicher, dass eines Tages auch zu mir ein Engel kommen würde, der uns dann zusammenführt, wenn die Zeit dafür reif ist. Heute war er da. Er sitzt mir gegenüber."

Eine Weile war sie sprachlos. Dann sagte sie: „Das hast du

schön gesagt. Aber wenn du es wirklich immer so gesehen hast, dass wir beide zusammen gehören, dann erkläre mir mal bitte, wieso du mich hast gehen lassen, als wir ja noch zusammen waren."

"Ganz einfach", weil ich dich liebte und immer noch liebe." Mit ungläubigem Blick entgegnete sie: „Nein, dann hättest du mich nicht gehen lassen."
„Doch", sagte er, „du sagtest mir damals, dass du in unserer Beziehung unglücklich warst. Also ließ ich dich gehen, denn ich wollte, dass du glücklich bist. Weil ich dich liebe."

Fast fünf Minuten sprachen sie dann kein Wort mehr. Er spielte etwas verlegen an seiner Kaffeetasse herum und sie blickte nachdenklich in die ihre. Erst nach minutenlangem Nachdenken schaute sie ihn an und sagte mit weinerlicher Stimme: „Ist das wirklich so? Mein Gott, dann war das ja wirklich die echte Liebe."

Er antwortete nicht. Erst nachdem er einige Zeit die Tränen der Rührung in ihren Augen beobachtete, fragte er liebevoll: „Hast du an Weihnachten schon was vor?"

Der gewünschte Mann

Mit einem gluckernden Geräusch schenkte Heidi ihrer Freundin Gabriele ein weiteres Glas Likör ein und stellte die halb volle Flasche zurück auf den Tisch.

"Dann musst du dich eben doch mal bei so einer Flirtline anmelden", redet sie auf Gabriele ein.

"Um Gottes Willen. Auf gar keinen Fall. Da rennen doch nur Notgeile und plumpe Vollidioten rum", entgegnet diese energisch.

"Ja, aber was willst du denn? Entweder du beschwerst dich, dass die Kerle nicht aus dem Quark kommen oder sie sind dir zu plump und zu schnell."

"Kann nicht einfach mal einer ganz normal sein? Ich wünsche mir einen Mann, der weiß, was er will, trotzdem nicht gleich mit der Tür ins Haus fällt und dann vor allem nicht nach ein paar Wochen gleich wieder einen Rückzieher macht, weil er Angst vor seinen eigenen Gefühlen kriegt", erklärte Gabriele.

"Dann schick diesen Wunsch an deine Engel ab."

"Hä?"

"Ja, wenn du einen Wunsch an das Universum schickst, dann geht er auch viel leichter in Erfüllung", behauptete Heidi selbstsicher. „Du darfst dabei aber keine negativen Wörter wie ‚kein', ‚nicht' uns so weiter verwenden, sondern musst deinen Wunsch positiv formulieren."

Gabriele konnte und wollte nicht an diesen Wunsch-Quatsch glauben. Da ihr die Eskapaden, die sie in den letzten Jahren mit Männern erleben musste, jedoch gehörig an die nervliche Substanz gingen, beschloss sie dennoch, es zu versuchen. Zu verlieren hatte sie dabei ja nichts. Da sie sich einen Mann von der Art an ihrer Seite wünschte, wie sie ihn zuvor noch nie hatte, schickte sie den Wunsch an ihre Engel ab:

„Liebe Engel, ich wünsche mir einen Mann als Partner, der von seiner Art her ganz neu für mich ist. Er soll bitte liebevoll, treu, sorgsam, tolerant und verständnisvoll sein und mich ebenso stark lieben, wie ich ihn liebe."

Tagelang geschah nichts und so begann Gabriele, ihren Wunsch zu vergessen. Es war kein Mann zu sehen, der sie hätte kennen lernen wollen oder für den sie sich hätte interessieren wollen.

Erst nach mehreren Wochen geschah etwas seltsames. In einem Nachbarort fand eine Kirmes statt und Gabriele beschloss, gemeinsam mit ihrer Freundin dieses Fest aufzusuchen, denn ihr war bewusst, dass sie aus dem Haus gehen musste, um die Möglichkeit zu bekommen, einen Mann kennen zu lernen. So standen sie an einem Getränkestand, wobei ihnen zwei außergewöhnlich gut aussehende Männer ins Auge fielen.

Während der eine der beiden etwa 40jährigen Sunnyboys Getränke zu bestellen schien, blickte der andere auffallend oft zu Gabriele. Nach ein paar zögerlichen Blicken machte er einige Schritte auf sie zu und sagte: „Wir kennen uns."

"Ähm, nicht dass ich wüsste", stammelte Gabriele aufgeregt. "Du bist Gabriele, stimmt`s?", fragte der aufgeweckt wirkende Beau.
"Äähh... woher kennen wir uns? Ich muss gestehen, dass ich jetzt gar nicht so recht weiß, wo ich dich hin stecken soll", entgegnete die junge Dame etwas verlegen.

Der Mann grinste schelmisch.
„Mich sollst du nirgends hin stecken", lachte er. „Dafür wird es bald einen anderen Mann geben. Aber wenn ich dir einen Rat geben darf: Wenn du etwas haben möchtest, was du noch nie hattest, musst du etwas tun, was du noch nie getan hast."

Gabriele wusste gar nicht, was sie denken, geschweige denn sagen sollte. Sie blickte entsetzt zur Seite und schaute ihre Freundin an, als wolle sie ihr durch ihre Mimik mitteilen, dass dies ja wohl ein äußerst unverschämter Mann sei.

Nachdem sich die beiden Freundinnen nur drei Sekunden voller Unverständnis in die Augen geblickt hatten, wollten sie ihre Blicke wieder auf den Mann richten, doch er war verschwunden. Weder stand er vor ihnen, noch war er oder sein Begleiter am Getränkestand zu sehen. Sie waren urplötzlich innerhalb nur weniger Sekunden wie vom Erdboden verschluckt.

"Wer oder was war das denn jetzt?", fragte Heidi etwas verwirrt.
"Ich habe keine Ahnung", bestätigte Gabriele den entsetzten Tonfall ihrer Freundin. „Ich habe diesen Mann noch nie gesehen. Woher kennt der mich? Und überhaupt, was ist das denn für ein Arschloch, der mir irgendwelche klugen Kalendersprüche auftischt und einen bei mir reinstecken will?" Gabriele war entsetzt.

"Nee, er hat ja gesagt, dass nicht er dir was wohin stecken will, sondern dass es dafür bald einen anderen Mann geben wird. Sehr merkwürdig", entgegnete die verdutzte Freundin.
"Das ist mir alles etwas suspekt. Der Typ macht mir Angst. Ist es okay, wenn wir gehen?", fragte Gabriele, bevor die beiden dann etwas beunruhigt den Heimweg antraten.

Die beiden verbrachten den restlichen Abend in Gabrieles Wohnzimmer, wo sie noch lange über dieses Erlebnis philosophierten.

"Irgendwie klang das ja so, als wenn der Typ wüsste, dass du bald einen Mann findest", sagte Heidi. „Und mal ganz im ernst: seine Weisheit, dass du etwas tun musst, was du noch nie getan hast, wenn du etwas haben willst, was du noch nie hattest, ist schon irgendwie plausibel. Vielleicht hat er das auf dein Männerproblem bezogen."

"Ja ja, das ist ein netter Satz, aber woher kennt er mich und woher will er von meinen Problemen mit den Männern wissen?", fragte Gabriele sich und ihre Freundin.
"Keine Ahnung. Aber vielleicht hat er etwas mit deinem Wunsch zu tun."

Nachdem das Gespräch noch lange Zeit in ähnlicher Weise verlief, brachte Heidi ihre Freundin dann nach ein paar alkoholischen Getränken doch noch dazu, sich noch am gleichen Abend bei einer Internet-Single-Börse anzumelden.

So lernte Gabriele in den folgenden Wochen zahlreiche Männer in den imaginären Weiten des Internets kennen. Viele dieser virtuell anmutenden Bekanntschaften entpuppten sich schon nach wenigen schriftlich gewechselten Sätzen als die Sorte Mann, von denen sie längst die Nase voll hatte. Ein Chat-Partner hingegen begann Gabriele schon nach kurzer Zeit zu interessieren. Es hatte den Anschein, als könnte er tatsächlich mal ein ganz normaler Mann mit nachvollziehbaren Ansichten sein, der mit ihr auf einer ähnlichen Wellenlänge war.

Und so kam es nach einigen Tagen des Schriftwechsels auch zu Telefonaten zwischen den beiden. Und nachdem auch diese sehr zufriedenstellend ausfielen, beschlossen die beiden, sich persönlich kennen zu lernen.

Das erste Treffen fand in einem Café statt, also auf neutralem Boden, wo beide die Möglichkeit hatten, das Date auch jederzeit wieder zu beenden. Gabriele erzählte von ihren Erfahrungen mit Männern und baute innerhalb kurzer Zeit ein gewisses Vertrauen zu ihrer neuen Bekanntschaft auf. So teilte sie ihm auch offen mit, dass sie nach einem Mann suche, der eben nicht so sei, wie die bisherigen.

"Das kann ich verstehen", sagte der junge Mann. „Aber weißt du", fuhr er fort, „wenn du einen Mann möchtest, der anders ist, als die bisherigen, so musst auch du etwas anderes tun, als du bisher getan hast."

Gabriele lief in diesem Moment ein eiskalter Schauer den Rücken herab. Das war fast der gleiche Satz, wie ihn dieser Mann auf der Kirmes gebrauchte. Sie bekam Angst. Sie fragte sich, welche Verbindung diese beiden Männer wohl miteinander hatten. War dies alles ein abgekartetes Spiel? War sie in irgendeiner Form verarscht oder manipuliert worden?

"Wie meinst du das? Was soll dieser Satz?", fragte sie und versuchte, sich ihr Unbehagen nicht anmerken zu lassen.

"Ach, wenn ich dir das jetzt erzähle, wirst du mich für verrückt erklären."
Nach weiterem Bitten erzählte der freundliche Mann dann aber dennoch: „Ich habe in den letzten Jahren ähnlich beschissene Erfahrungen gemacht, wie du. Ich hatte die Hoffnung bereits aufgegeben, dass ich eine Frau finden könnte, die wirklich richtig zu mir passt. Diesen ganzen Internet-Blödsinn hielt ich eh für sinnlos, weil ich bis vor wenigen Minuten dachte, dabei kommt eh nichts heraus."

Gabriele erkannte das versteckte Kompliment, hörte aber weiterhin aufmerksam und wortlos zu.
„Vor ein paar Wochen ist dann aber etwas merkwürdiges geschehen", fuhr der dunkelhaarige Mann fort. „Ich hatte einen handgeschriebenen Zettel im Briefkasten. Ich weiß bis heute nicht, von wem er war. Darauf stand: ,Wenn du etwas haben möchtest, was du noch nie hattest, musst du etwas tun, was du noch nie getan hast.'
Erst wusste ich nicht, was das sollte. Dann aber habe ich das

auf mein nicht vorhandenes Liebesleben projiziert und dachte mir, ich sollte doch mal so eine Internet-Single-Seite ausprobieren. Und als ich dich eben sah, wusste ich sofort, dass es in diesem Falle gut war, etwas getan zu haben, was ich vorher noch nicht tat."

Gabriele konnte diese Schilderung kaum fassen und erzählte anschließend von ihrer Begegnung mit dem geheimnisvollen Mann auf dem Volksfest. Die beiden unterhielten sich noch lange Zeit darüber, wobei sie aber keine Erklärung fanden.

Es vergingen einige Wochen, bis Gabriele den ominösen Mann und die ebenso merkwürdige Zettel-Botschaft auf ihren Wunsch zurückführte, den sie an die Engel geschickt hatte.

Es vergingen aber sogar einige Jahre, bis Gabriele diesen denkwürdigen Satz selbst zum ersten Mal sagte. Vor ihr saß ein kleiner Junge, der sich lang machte und schrie, weil er ein Spielzeug haben wollte, an das er nicht heran kam.

„Tja", sagte sie leicht zynisch zu dem Kleinkind, „wenn du etwas haben möchtest, was du noch nie hattest, dann musst du etwas tun, was du noch nie getan hast."

Und so konnte sie freudestrahlend beobachten, wie sich der kleine Junge langsam und noch etwas unbeholfen aufrichtete und seine ersten Gehversuche machte. Es war der Sohn der beiden.

Schlechte Karten

Sie ließ das Schloss leise zufallen und drehte sich mit dem Rükken an die Tür. Sie schloss einen Moment die Augen und atmete tief ein und aus. Als Ingrid die Augen wieder öffnete, waren sie mit Tränen gefüllt. Dem Gerichtsvollzieher, den sie gerade verabschiedet hatte, hätte sie nicht zeigen wollen, dass sie mit ihren Nerven am Ende war. Wie immer spielte sie die starke Frau, die sie in ihrem Inneren längst nicht mehr war.

"Was ist los?", fragte ihr 16jähriger Sohn irritiert, als er sie so sah.
"Nichts. Ist schon alles in Ordnung", heuchelte Ingrid, die stets versuchte, ihre Probleme vor ihren Kindern zu verbergen.

Noch am gleichen Tag klingelte es erneut an der Tür. In dem Glauben, dass es der Freund ihrer Tochter sei, öffnete sie. Jedoch stand ein Mann in gelber Jacke vor ihr, um den Strom abzuschalten.
„Sie haben auf keine unserer Mahnungen reagiert und nun bin ich beauftragt, bis zur Zahlung den Strom abzuklemmen. Lassen sie mich bitte herein, sonst muss ich mit der Polizei kommen."

"Ich glaube, sie sind nicht ganz bei Trost", entgegnete Ingrid erzürnt. „Die Mahnungen sind alle unberechtigt, da sie sich auf Schulden aus dem vergangenen Jahr beziehen, für die längst eine Ratenzahlung vereinbart wurde, die ich auch zahle. Und ich habe nach jeder Mahnung eine Mail geschrieben. Aber ihr sauberes Unternehmen sieht ja keine Veranlassung, mal zu antworten. Und am Telefon will angeblich keiner was davon wissen."

Ingrids Wutausbruch half ihr nicht. Der kühl wirkende Herr des Energieversorgers hatte mittlerweile den Stromzähler im

Treppenhaus entdeckt, der hinter einem grauen Metallkasten verborgen lag.

Mit den Worten „Wenn sie die offenen Forderungen schon bezahlt haben, können sie beim Gericht eine einstweilige Verfügung bewirken, dass der Strom wieder angestellt wird" klemmte er den Strom ihrer Wohnung einfach ab und verplombte den Zähler.

Ingrid schien mental am Ende. Zurück in ihrer inzwischen etwas dämmrigen Wohnung begann sie zu weinen, woraufhin sich neben ihrem ältesten Sohn auch ihre 14-jährige Tochter und ihr fünfjähriger Sprössling um sie versammelten, um sie zu trösten.

"Ich kann einfach nicht mehr", weinte sie laut. „Ich schufte und schufte und bekomme nur Steine vor die Füße geknallt."

Angefangen hatte die Misere der Familie vor zwei Jahren, als Ingrid sich von ihrem Mann getrennt hatte. Dieser kam mit dieser Entscheidung nicht klar. Nicht etwa, weil er sie und die drei Kinder liebte, sondern weil ihr Trennungsentschluss seine Eitelkeit auf das Massivste verletzte. Die Kinder hatte er zuvor schon behandelt, als seien sie ungewollte Eindringlinge und die Ehe mit Ingrid schien er lediglich zu führen, um sich das Geld für eine Haushalthilfe sparen zu können.

„Wenn du gehst, mache ich dich fertig", war einer der Sätze, der Ingrid nur zu gut im Gedächtnis blieb, da er sich als Wahrheit herausstellen sollte.

Nachdem die Trennung endgültig ausgesprochen war, beanspruchte Ingrid zunächst einen Teil des ehelichen Hauses für sich und die drei Kinder, bis sie eine adäquate Wohnung gefunden hatte. Diese Tatsache war für ihren Ex der erste Anlass, gegen sie vor Gericht zu ziehen. Mit anwaltlicher Hilfe klagte er darauf, dass sie das Haus umgehend zu verlassen habe. Zudem sollten die Freunde seiner Kinder Hausverbot erhalten, da er diese Kinder nicht tolerierte.

Nachdem er vor Gericht nur einen Teilerfolg verbuchen konnte, kündigte er den Telefon- und Internetanschluss mit sofortiger Wirkung, was dazu führte, dass Ingrid keine finanziellen Einnahmen mehr hatte, da sie ihren eigenen Lebensunterhalt mit einem großen eBay-Shop im Internet verdiente. So wäre es unter normalen Umständen natürlich kein Problem gewesen, einen eigenen Anschluss zu beantragen. Bei der Telefongesellschaft musste sie dann jedoch erfahren, dass sie für einen Telefonanschluss nicht kreditwürdig sei. Dies war darin begründet, dass sie auf ihrem Handyvertrag, dessen Provider ein Tochterunternehmen der Telefongesellschaft war, Schulden von mehr als eintausend Euro hatte. Diese Schulden hatte ihr Noch-Mann bewusst herbeigeführt, denn er hatte eine Partner-Handy-Karte, die auf Ingrids Vertrag lief, so dass sie rein rechtlich alleine dafür gerade stehen musste. So hätte Ingrid, um einen eigenen Telefonanschluss erhalten zu können, zunächst die Schulden von mehr als eintausend Euro sowie mehrere Hundert Euro Kaution aufbringen müssen, was ihr jedoch nicht möglich war.

Schikanen dieser Art ließ sich ihr getrennt lebender Mann fortan zuhauf einfallen. Er tat alles Erdenkliche dafür, sie nicht nur psychisch mürbe zu machen, sondern sie auch in den finanziellen Ruin zu treiben. Mit Hilfe eines Freundes konnte sie gemeinsam mit den Kindern jedoch recht schnell eine eigene Wohnung beziehen und wieder ihrer beruflichen Internet-Tätigkeit nachgehen, da dieser Freund auf seinen Namen einen Telefonanschluss für sie beantragte. Zwar wollte sie stets eine starke Frau sein und nicht auf fremde Hilfe angewiesen sein, doch der Freund konnte sie dazu überreden, seine Hilfe anzunehmen.

„Wenn du fortan nicht nur daran denkst, wer dir Dank schuldet, sondern auch, wem du Dank schuldest, obgleich diese Erkenntnis viel schwieriger ist, bin ich zufrieden und helfe gerne", sagte er mit geschwollenen Worten.

Ingrids Ex schien aber keine Ruhe geben zu wollen, bis sie endgültig ruiniert war. In den zwei Jahren seit ihrem Auszug vielen ihm schon mehr als drei Gründe ein, für die er sie vor Gericht verklagte, obgleich sich alle Anschuldigungen als haltlos erwiesen. Dennoch erreichte er damit stets, dass Ingrid viel Zeit und noch mehr Nerven investieren musste, um Anwälte zu konsultieren, Gerichtskostenhilfe zu beantragen, unzählige Schreiben zu verfassen und vieles mehr. Dadurch kam sie manchmal kaum dazu, ihrer selbständigen Tätigkeit nachzugehen. Zudem hatte sie sich nun ja auch alleine um ihre drei Nachkömmlinge zu kümmern. Da das Geld manchmal so knapp war, dass sie kaum wusste, wie sie etwas zu Essen kaufen sollte, wollte sie sich wenigstens so viel Zeit wie möglich für ihre Kinder nehmen. Dadurch kam aber die geldeinbringende Arbeit wiederum zu kurz. Sie fühlte sich in einem Teufelskreis gefangen, aus dem es kein Entrinnen zu geben schien.

Die Schulden beim Energieversorger hatte ausnahmsweise nicht ihr Ex verursacht. Sie kamen zustande, weil sie im vergangenen Jahr mehrfach nicht in der Lage war, die Stromrechnungen zu begleichen. Das sie zeitgleich auch eine Steuerprüfung aufgrund einer Anzeige wegen Steuerhinterziehung über sich ergehen lassen musste, hatte sie jedoch wiederum ihrem inzwischen geschiedenen Mann zu verdanken.

Für die Stromschulden hatte sie längst eine Ratenzahlungsvereinbarung getroffen, die sie auch einhielt. Das große Energieunternehmen schien aber nicht in der Lage zu sein, ihre Zahlungen korrekt zu verbuchen. Und Ingrid fühlte sich andererseits mittlerweile nicht mehr in der Lage, gegen solche bürokratischen Missstände anzukämpfen.

So saß sie mit ihren Kindern an diesem Freitag Abend nun also bei Kerzenschein in Decken eingehüllt.

„Am Montag gehe ich gleich zum Gericht und werde eine einstweilige Verfügung beantragen. Dann müssen die noch am gleichen Tag den Strom wieder anknipsen", sagte sie.

Noch bevor sie dieses Vorhaben drei Tage später in die Tat umsetzen konnte, klingelte es am frühen Montagmorgen an der Wohnungstür.

„Ist es korrekt, dass sie hier mit drei Kindern ohne Strom leben?", fragte eine Frau mit strengem Ton, nachdem sie und ihr Begleiter sich als Mitarbeiter des Jugendamtes ausgewiesen hatten.

Alle Erklärungsversuche halfen nichts. Mit einem amtlichen Bescheid bewaffnet, sorgten die beiden Beamten dafür, dass Ingrids Kinder ihr vorläufig entzogen wurden.

„Bis die Sachlage endgültig geklärt und richterlich entschieden ist, müssen ihre Kinder in ein Heim. Unter solchen Bedingungen können die Kinder unmöglich bei ihnen leben. Und mit Verlaub, ihnen empfehlen wir dringend, einen Therapeuten aufzusuchen", waren die Worte der pflichtbewussten Beamtin.

Ingrid war am Ende ihrer Kräfte. Die Armut, die Schikanen, all die Probleme der letzten beiden Jahre, hatte sie in Kauf genommen für das wichtigste und einzigste, was ihr in ihrem Leben blieb: für ihre Kinder. Nun sollte sie auch auf sie verzichten. Wenn man ihr die Kinder nehmen würde, obgleich sie ihre Mutter liebten und sich bei ihr sehr wohl und geborgen fühlten, würde man ihr das Leben nehmen. Und so spielte sie ernsthaft mit dem Gedanken, dieses vorzeitig zu beenden, da sie einfach keinen Sinn mehr in ihrem Leben sah und nirgends auch nur ein klitzekleiner Strohhalm zu sehen war, der noch etwas Halt hätte bieten können. Aber wieder waren ihre Kinder der Grund dafür, dass sie ihre Suizidgedanken abermals verwarf.

Die Kinder litten unter dieser Situation ebenso, wie ihre Mutter. Getrennt voneinander waren sie zunächst in einem Kinderheim untergebracht. Jens, der Älteste von ihnen, war eine Kämpfernatur. Ohne sich von den Worten irgendwelcher Pädagogen abhalten zu lassen, erkämpfte er sich umgehend einen Gesprächstermin bei dem Leiter des Kinderheims. Jens erklärte dem kurz vor der Pension stehenden Mann aufgebracht, unter welchen Umständen seine Geschwister und er in das Heim gebracht wurden. In einem langen Gespräch erzählte er von den Kämpfen, die seine Mutter gegen seinen Vater ausfechten musste, von den bürokratischen Steinen, die ihr stets in den Weg gerollt wurden und von der Liebe, die seine Mutter den Kindern fortwährend entgegen brachte.

"Meine Mutter kann doch machen, was sie will. Immer hat sie schlechte Karten in ihrem Leben", sagte er traurig und wütend zugleich.

Der Heimleiter, ein hagerer Mann, dem man deutlich ansah, dass er die sechzig bereits überschritten hatte, hörte dem Jugendlichen interessiert zu. Sein durch Krankheit gezeichnetes Gesicht wirkte nachdenklich. Nach einer Weile des Schweigens drückte er eine Taste seines Telefons, hob den Hörer ab und sprach in Chefmanier in die Muschel: „Sagen sie für heute Nachmittag alle Termine ab."

Er legte wieder auf und schaute dem Jungen erneut in die Augen. Dann warf er einen melancholischen Blick auf einen kleinen Bilderrahmen, der auf seinem Schreibtisch stand. Er nahm das Bild in die Hand und drehte es zu Jens, der ein verblasstes Kinderfoto erblicken konnte.

„Weißt du, wer das ist?", fragte er den Jugendlichen, der natürlich nur unwissend mit den Schultern zucken konnte. „Das ist mein Sohn. Er ist heute ein paar Jahre älter als du. Als ich ihn zum letzten Mal sah, war er aber etwa so alt, wie hier auf dem Foto."

Jens verstand nicht, was der Mann aussagen wollte, aber er spürte, dass es etwas positives war. Mit langsamen Worten fuhr der Heimleiter fort: „ich weiß, wie es ist, im Leben schlechte

Karten zu haben. Aber im Leben kommt es nicht darauf an, gute Karten zu haben, sondern mit schlechten Karten gut zu spielen."

Trotz seiner erst sechzehnjährigen Lebenserfahrung spürte Jens sofort, dass dies ein sehr tiefgründiger Satz war, mit dem der Mann versucht hatte, eine positive Botschaft anzukündigen. So versuchte auch Jens etwas tiefgründiges zu sagen und berichtete:

„Meine Mama sagt immer, dass das Gute im Leben irgendwann belohnt wird und dass irgendwann ein Engel kommt, der für Gerechtigkeit sorgt."

Der leicht ergraute Heimleiter schmunzelte. Jens bekam Angst, etwas sehr peinliches gesagt zu haben, über das der Mann sich nun lustig machen würde. Der Mann sagte jedoch: „Deine Mama ist sicher eine gute Frau. Wenn sie nur fest genug daran glaubt, wird dieser Engel sicher kommen."

Er erhob sich aus seinem großen braunen Schreibtischsessel und ging zur Tür. Dabei schaute er den Jungen auffordernd an, bis dieser begriff, dass er das Büro nun wohl verlassen solle. „Mach dir mal keine Sorgen", sagte der Mann, während er Jens die Tür aufhielt. „Sag deinen Geschwistern, dass ich mich darum kümmern werde, dass ihr bald wieder nach Hause könnt."

Noch am gleichen Abend klingelte es erneut an Ingrids Wohnungstür. Wie ein Pfeil schoss sie zum Wohnungseingang, da sie darauf hoffte, von irgendjemandem positive Neuigkeiten zu erfahren. Es stand ein ihr unbekannter junger Mann vor der Tür, der einen Fahrradhelm trug und einen gepolsterten Umschlag in der Hand hielt.

„Ich soll das hier für sie abgeben", sagte er.

Nachdem Ingrid dem Boten den Erhalt des Umschlages quittiert hatte, riss sie das hellbraune Papier auf. Sie traute ihren Augen nicht, als sie zwanzig 50-Euro-Scheine aus dem Umschlag zog. Dazwischen steckte ein weißer mehrfach gefalteter Zettel. Aufgeregt faltete sie das Blatt auf und las die anonyme handschriftliche Botschaft:

"Liebe Frau Gustav, meines Wissens sollte der beigefügte Betrag genügen, um die ausstehende und ein paar der kommenden Stromrechnungen zu begleichen. Das Jugendamt ist bereits darüber in Kenntnis gesetzt und hat einer baldigen Rückkehr ihrer Kinder bereits formlos zugestimmt, wobei künftig sicher gewisse Auflagen beachtet werden sollten. Diesbezüglich sehe ich ihrerseits jedoch keine Probleme. Wie ich weiß, hatten sie in ihrem Leben oft schlechte Karten, doch sie haben gut damit gespielt. Sie haben den Trumpf ausgespielt: die Liebe! Mit freundlichen Grüßen, ein Freund (oder auch: ein Engel)."

Der Engel der Zeit

"**D**as sieht ja cool aus", sagte Marianne leise, als sie nach dem Aufstehen aus dem Fenster schaute. Ihr Blick fiel zunächst auf die hohen Bäume am Straßenrand, dann auf die gegenüberliegenden Felder und schließlich die Straße hinunter bis zur Stadt, die sie heute jedoch nicht sehen konnte, da sie in einem dichten weißen Nebel verborgen lag. Alles erschien in weißem Glanz, denn die Bäume und Sträucher waren von dickem Eis geziert. Der Nebel und der Raureif waren über Nacht gefroren und sogar die Spinnweben auf ihrem Balkon pendelten als weisse Eisfäden hin und her.

"Ach, wie schön die Welt doch sein kann", seufzte sie, während sie darüber nachdachte, dass sie viel zu wenig Zeit hatte, solche herrlichen Naturschauspiele ausgiebig und bewusst zu genießen. An diesem ersten Weihnachtsfeiertag nahm sie sich für ein paar Minuten die Zeit, die Natur zu bewundern.

Mit einem unsanften „Moin, es ist schweinekalt draußen", wurde sie plötzlich aus ihren sentimentalen Gedanken gerissen. Ihr Freund kam mit dem Hund zur Tür herein und ihr kleiner Vierbeiner begrüßte sie freudig, wobei er eine Eiseskälte an ihre nackten Beine wehte.

Nachdem dieser Weihnachtstag ähnlich ablief, wie in den Jahren zuvor, und sie den eher verpflichtend anmaßenden Familienbesuch gemeinsam mit ihrem Lebensgefährten und ihrem Hündchen absolviert hatte, saß sie abends müde auf dem Sofa. Ihr Freund schlief vor dem Fernseher und auch sie nahm die Berieselung des überdimensionalen TV-Gerätes nicht bewusst wahr. Sie dachte nach und ihr fiel dabei auf, dass sie immer wieder an Weihnachten diese Gedanken hatte, dass sie eigentlich nicht so glücklich war, wie sie doch hätte sein können. Ihr fehlte nichts. Sie verdiente gutes Geld, hatte einen manchmal etwas desinteressiert wirkenden, aber dennoch liebevollen Lebenspartner, eine schöne Wohnung und auch einen recht großen Bekanntenkreis. Was also sorgte dafür, dass sie sich manchmal eher unglücklich fühlte?

‚Es ist der Job', dachte sie. ‚Ich arbeite einfach zu viel. Ich komme keine Minute wirklich zur Ruhe und habe keine Zeit mehr, um sie mit meinen Freunden zu teilen oder um die Dinge zu tun, die mir wirklich Spaß bereiten.'

So nahm sie sich, wie jedes Jahr, wieder vor, im kommenden Jahr beruflich etwas kürzer zu treten, um sich mehr den schönen Dingen des Lebens zu widmen. Aber eigentlich war ihr schon während dieses Gedankens klar, dass es auch im kommenden Jahr wieder nur ein guter Vorsatz bleiben würde. Schließlich machte sich die Arbeit ja nicht von alleine.

Und über diesen Gedanken schlief sie allmählich auf der Wohnzimmercouch ein. Es war fast wie ein Trance-Zustand. Sie schlief noch nicht fest, war aber auch nicht mehr wach. Das Gemurmel des Fernsehers schien sie noch wahrzunehmen, als stünde der Fernseher ganz weit weg. Aber obgleich sie noch nicht völlig in den Schlaf versunken war, begann sie bereits zu träumen. Sie sah Bilder vor ihrem geistigen Auge, die sie nicht einordnen konnte. Viele Farben, die wie in bunte Scheiben geschnitten auf sie zu flogen.

Plötzlich erschien in ihrem Traum eine helle Gestalt vor ihr. Dieses Wesen sah nicht direkt aus, wie ein Engel, aber sie wusste in ihrem Traum dennoch, dass es einer war.

„Warum bist du so traurig?", fragte sie der Engel mit sanfter Stimme.

„Ach, mein seligster Wunsch wurde mir zu Weihnachten leider nicht erfüllt", sagte sie, wobei ihre Stimme in diesem Traum etwas verändert klang.

"Welches war Dein seligster Wunsch?", wollte die Lichtgestalt wissen.

„Ich wünschte mir, dass ich mehr Zeit habe."

„Aber du hast doch alle Zeit der Welt. Nimm Dir stets für alles, was dir wichtig ist, so viel Zeit, wie Du dafür benötigst."

Die junge Frau lachte in ihrem Traum. „Das geht doch nicht", sagte sie. „Wenn ich das täte, würden zu viele Dinge liegen bleiben. Das kann ich mir nicht erlauben. Um alles zu schaffen, brauche ich viel mehr Zeit."

"Du möchtest noch viel mehr Zeit, als Dir bereits geschenkt wurde?", fragte der Engel zweifelnd.

„Oh ja, viel, viel mehr."

Der Engel schaute sie grübelnd an und sagte: „Nun gut, so soll es denn sein. Wenn Du wirklich sicher bist, dass Du noch mehr Zeit möchtest, so sende ich Dir den Engel des Todes. Er wird noch heute Nacht zu Dir kommen und dir ganz viel Zeit schenken."

Marianne erschrak. Dieser Traum schien sich zu einem Alptraum zu entwickeln. Sie wollte doch nicht sterben, sie hatte doch mit ihrem Wunsch nach mehr Zeit nicht gemeint, dass sie sich in die Ewigkeit sehnt.

„Hey, ich will nicht sterben, ich will nur mehr Zeit für mein Leben haben", schrie sie den Engel an.

"Nun", sagte der Engel, „ich sagte dir bereits, dass du alle Zeit der Welt zur Verfügung hast. Wenn Du diese nicht zu nutzen weißt, so komme ich mit meiner Aufgabe als Engel der Zeit wohl hier nicht weiter. Mehr Zeit kann dir nur der Engel des Todes bringen."

Marianne begann zu weinen und schluchzte: „Bitte nicht. Bitte lass mich nicht sterben. Ich möchte ja die Zeit, die ich habe, gerne besser nutzen. Aber sage mir doch bitte, wie."

"Das sagte ich dir bereits", erwiderte der Engel geduldig. „Du solltest dir für alles immer so viel Zeit nehmen, wie du dafür brauchst."

"Aber ich brauche zu viel Zeit für meine Arbeit. Gib mir doch bitte mehr Zeit für meine Freizeit, für mein Leben."

"Nun gut, dann rufe ich also doch den Engel des Todes. Er wird dir die Ewigkeit schenken", sagte die Lichtfigur und grinste dabei geradezu zynisch.

"Was genau ist die Ewigkeit? Ich kann mir darunter nichts vorstellen, denn alles hört doch irgendwann auf. Also doch wohl auch die Ewigkeit, oder?", fragte Marianne interessiert.

Der Engel grinste abermals und sagte: „Weißt du, die Zeit ist relativ".

„Ja ja, dazu brauche ich keinen Engel, das hat Einstein schon erkannt."

"Mag sein, dass ein weiser Mensch diesen Satz geprägt hat. Aber den wirklichen Sinn hinter diesem Satz hat auch er nicht zu erfassen vermocht", entgegnete der Engel. Und er fuhr mit seiner Erklärung fort: „So lange der Engel des Todes nicht bei dir war, wirst du niemals verstehen, was die Ewigkeit bedeutet. Sei nicht traurig, aber dein Horizont reicht für dieses Verständnis bis dahin noch nicht aus. Dennoch versuche ich gerne, dir die Ewigkeit in Eurer Denkweise zu erklären:

Stell Dir vor, es gäbe eine Treppe von der Erde bis in das Himmelreich. Diese Treppe ist aus Stahlbeton erbaut und hat Abermilliarden von Stufen und ragt viele Milliarden von Kilometern in den Himmel."

"Ach, und um diese Treppe hinauf zu laufen, benötige ich eine Ewigkeit", unterbrach Marianne den Engel ungeduldig.

Der Engel lachte laut und herzhaft.

"Nun, wenn Deine Füße Dich so weit tragen könnten, käme dir dieser Weg aus deiner Sicht sicher wie eine Ewigkeit vor. Du wärst, so es dir möglich wäre, Hunderte von Jahren unterwegs, bis du oben ankommen würdest. Nun stelle dir aber vor, dass nur jeweils ein Mensch diese Treppe betreten dürfte. Und erst dann, wenn dieser Mensch oben angekommen ist, darf der nächste diese Treppe betreten. Erst in dem Moment, wo diese massive Stahlbetontreppe so abgenutzt und abgelaufen ist, dass sie nicht mehr problemlos begehbar ist, ist EINE Sekunde der Ewigkeit verstrichen."

Völlig verwirrt wachte Marianne aus ihrem Traum auf, während ihr Freund sie fragte, ob sie nicht lieber ins Bett gehen wolle. Einen Moment schaute sie ihn verblüfft an und sagte dann mit zarter Stimme:

„Du, im kommenden Jahr werde ich nicht mehr so viel arbeiten. Wir werden wieder viel mehr Zeit miteinander verbringen. Ich liebe dich. Und ich werde mir die Zeit nehmen, dieses Gefühl mit dir zu nutzen. Egal, was es mich kostet. Ich nehme mir für dich die Zeit, die ich für dich brauche."

"Och du bist so süß, Schatz", sagte ihr Freund freudestrahlend, „aber ein bisschen Geld verdienen müssen wir schon auch noch."

"Das werden wir", entgegnete Marianne, „denn auch dafür bleibt genügend Zeit, wenn wir sie uns für das nehmen, was uns wichtig ist. Denn nur für das Gute wird sie uns geschenkt."

Lohnender Kuss

Alexandra blinselte. Sie fühlte sich zu schwach, die Augen weit zu öffnen. Sie sah, dass eine ganz in weiß gekleidete Frau vor ihrem Bett stand. Sie konnte nicht einmal mehr einordnen, wer dies war. Eigentlich hätte ihr nach all den Strapazen der letzten Monate mit all den vielen Krankenhausaufenthalten klar sein müssen, dass es sich um eine Ärztin handelte, die gerade versuchte, mit ihr zu sprechen. Aber ihre schwere Herzerkrankung machte sie zu schwach, um überhaupt darüber nachzudenken. Einen kurzen Moment lang dachte sie, sie sei bereits tot und sie sähe einen weißen Engel vor sich.

"Es sieht leider gar nicht gut aus", sagte die Frau mit ernster Mine. „Uns bleibt nur zu hoffen, dass wir sehr bald ein Spenderherz bekommen."
"Und wenn nicht?", fragte Alexandra müde.
"Wir haben ja bereits darüber gesprochen, dass ihnen dann vermutlich nicht mehr lange bleibt", lautete die nüchterne Antwort.

"Ich will aber noch nicht sterben", stöhnte Alexandra ängstlich, die sich mit knapp 30 eindeutig für zu jung hielt, um von dieser Welt zu gehen. „Mein Leben hat sich noch gar nicht gelohnt", sagte sie und schien dabei allmählich etwas wacher zu werden.

"Das dürfen sie so nicht sagen", versuchte die Ärztin zu beruhigen. „Jedes Leben ist lohnenswert. Wie kommen sie darauf, dass sich ihr Leben bislang nicht gelohnt hätte?"

"Ach", erklärte die todkranke Frau, „es ging immer alles nur schief. Nie habe ich Glück gehabt. Meinen Job musste ich wegen der Bandscheibe aufgeben. Ich hab in einen Beruf umgeschult, den ich nicht mochte und fand dann keine Stelle. Und über die Liebe will ich gar nicht reden."

"Oh, haben sie nie geliebt?"
"Oh ja, ich habe geliebt. Ich habe immer geliebt. Aber mir wäre lieber gewesen, ich hätte nie geliebt." Alexandra schien bei diesem Thema wach zu werden und begann zu erzählen: „Nach ein paar Jungendlieben gab es dann diesen Mann, den ich mehr liebte, als mein Leben. Ich wäre gestorben für ihn und ich war mir sicher, auch er wäre für mich gestorben. Das war aber leider ein Irrtum. Er hat mich lieber verlassen, als auf die Gunst seines Vaters zu verzichten."

"Die Gunst seines Vaters?", fragte die interessierte Ärztin überrascht.
"Ja, Jean-Pascal, so hieß er, war der steinreiche Sohn des noch reicheren Multimillionärs Albert Hack. Sie wissen schon, der Fabrikant, dem die halbe Stadt gehört". Die Dame im weißen Kittel nickte zustimmend.

"Aber mir ging es nie um denen ihr blödes Geld", fuhr Alexandra fort, „mir ging es einzig und allein um Jean-Pascal. Er war die Liebe meines Lebens und ich bin sicher, dass auch er so empfand. Aber leider war ich für seinen geldgeilen Daddy nicht gut genug. Ein Junge aus gutem Haus konnte sich doch nicht ein einfaches Mädchen aus der Vorstadt angeln, deren Eltern bloß poplige Angestellte sind und deren Vater trinkt. Jean-Pascal hat sich dann schließlich weinend dafür entschieden, in die Fußstapfen seines versnobten Vaters zu treten, anstatt seine Gefühle zu mir weiter auszuleben."

"Sie haben das nie überwunden, gell?", fragte die Doktorin.
"Nein. Ich habe ihn immer geliebt. Was glauben diese Bonzen eigentlich, wer sie sind? Sie sind doch nichts besseres. Und dennoch: Jean-Pascals Leben ist sicher zuckersüß, während es sich für mich in keinster Weise gelohnt hat, auf der Welt zu

sein."

"Sagen sie, haben sie ihren Jean-Pascal je geküsst?", wollte die Medizinerin neugierig wissen.

"Natürlich habe ich das, wir waren ja eine ganze Weile zusammen."

"Sehen sie", sagte die Ärztin lächelnd, „dann hat sich ihr Leben auch gelohnt. Es lohnt sich für einen einzigen wunderschönen Kuss, auf der Welt zu sein. Denken sie mal darüber nach".

Eine Weile wurde es nun still in dem steril-weißen Krankenhauszimmer. Die Herzspezialistin schaute auf die Uhr, denn eigentlich hätte sie längst ihre Arbeit fortsetzen müssen. Dann sagte sie: „Kommen sie, versuchen sie mal aufzustehen. Ich möchte ihnen etwas schönes zeigen."

"Nein, ich will das Licht noch nicht sehen. Ich möchte nicht sterben. Ich möchte erst, dass sich mein Leben auch gelohnt hat", sagte Alexandra mit schwacher Stimme und sank zurück in ihr Kissen.

"Nun gut, aber denken sie einmal über das nach, was ich ihnen sagte", beendete die Ärztin das Gespräch, bevor sie den Raum verließ.

Am nächsten Tag wirkte Alexandra noch matter. Es war ein mehr als trauriger Anblick, die junge Frau so zu sehen. Selbst jeder Laie konnte ihr ansehen, dass ihre Lebensuhr wohl nicht mehr lange ticken würde und sie im sterben lag.

"Haben sie endlich ein Spenderherz?", fragte sie die in einen weißen Kittel gekleidete Frau aufs Neue.

"Leider nicht. Aber wir geben die Hoffnung nicht auf. Sagen sie, meinen sie, sie könnten es schaffen, heute aufzustehen?"

"Warum? Ich war heute schon bis zum Bad", antwortete die junge Frau.

"Haben sie mal darüber nachgedacht, was ich ihnen gestern sagte? Haben sie noch mal an den lohnenswerten Kuss von Jean-Pascal gedacht?", stellte die Medizinerin die nächste Frage.
"Oh ja, das habe ich. Sie haben Recht. Dafür hat es sich gelohnt, gelebt zu haben. Es ist schön, mit einer solchen Erinnerung zu sterben. Die Erinnerung daran, ist alles, was mir bleibt. Aber nun bin ich bereit, diesen letzten Weg ins Licht zu gehen."

Obgleich Alexandra bei dieser Ausführung sehr traurig klang, hatte die Ärztin ein leichtes Lächeln auf den Lippen. „Kommen sie", sagte sie zu der sterbenskranken Frau, „ich helfe ihnen hoch. Ich führe sie zum Licht."

Alexandra war nun fest entschlossen, ins Licht zu gehen und von ihrem traurigen Leben Abschied zu nehmen. Sie vertraute ihrer Herzspezialistin und in ihrem Zustand war sie sich sicher, von der Ärztin in die Welt der Ewigkeit geführt zu werden. Sie hatte nicht mehr die Kraft, überhaupt darüber nachzudenken, dass sie sich eigentlich noch gerne von ihren Eltern verabschiedet hätte. Mit letzter Kraft quälte sie sich mit Hilfe ihrer Ärztin aus dem Bett, die sie langsam zur Zimmertür führte.

Während die Medizinerin mit ihrem rechten Arm Alexandra stützte, öffnete sie mit der linken Hand die Tür. Alexandra konnte ihren Augen nicht trauen. Vor dem Zimmer stand im Flur des ungemütlichen Krankenhauses Jean-Pascal.

Alexandra hatte plötzlich ein Lächeln im Gesicht, wie man es seit vielen Monaten nicht von ihr kannte. Sie strahlte, wie ein Kind am heiligen Abend vor dem Weihnachtsbaum. Jean-Pascals Lächeln, das zunächst noch für einen kurzen Moment hinter einem riesigen Blumenstrauß verborgen lag, wirkte eher gequält. Zwar freute er sich, seine Alexandra endlich einmal wieder zu sehen, aber die Umstände und vor allem der trostlose Anblick dieser bereits vom Tod gezeichneten Frau, schockierte ihn zugleich.

Er nahm die Blumen herunter und umarmte Alexandra vorsichtig, aber sehr herzlich und liebevoll. „Was machst du denn für Sachen?", flüsterte er, „wenn ich das bloß geahnt hätte."

Die beiden unterhielten sich anschließend lange Zeit und Alexandra schien wieder zu deutlich mehr Kräften gekommen zu sein. Jean-Pascal erzählte von dem merkwürdigen Anruf, den er am Vorabend von der Krankenhaus-Ärztin erhielt und er schilderte ausführlich, wie sein Leben nach der Trennung der beiden verlief. Auch gab er unumwunden zu, dass er seine damalige Entscheidung immer bereut hatte.

Nachdem Alexandra von ihrer schweren Herzerkrankung berichtete, begann Jean-Pascal zu weinen, versuchte aber, sich dies nicht anmerken zu lassen. „Ich würde so gerne wieder dein Partner sein und dich unterstützen", sagte er, was Alexandra abermals ein glänzendes Strahlen in ihre müden Augen zauberte. „Aber leider hättest du von mir wohl nicht mehr viel. Auch ich bin sehr krank."

Er versuchte ihr vorsichtig beizubringen, dass bei ihm kürzlich ein Hirntumor festgestellt wurde, der inoperabel war. Vielleicht würde er noch ein Jahr bei klarem Verstand leben können, vielleicht aber auch nur noch wenige Monate.

Nun lagen sich beide weinend in den Armen. „Da hilft dir nun auch eurer ganzes Geld leider nichts", sagte Alexandra. „Aber wir schaffen das. Wir stehen die restliche Zeit gemeinsam durch, ja?"
Jean-Pascal nickte zustimmend mit traurigem Blick.

In den folgenden Wochen verging kein Tag, an dem Alexandras große Liebe sie nicht besucht hätte. Ihren körperlichen Verfall zu verfolgen, tat ihm ebenso weh, als wären die beiden nie getrennt gewesen. Sie machten den Anschein eines glücklichen und unzertrennlichen Paares, das eine harte Prüfung zu durchleben hatte.

Eines Tages, als Alexandra längst damit gerechnet hatte, dass jederzeit der Tod an ihre Tür klopfen könnte, stand die Ärztin aufgeregt vor ihr und sagte: „Wir haben ein Spenderherz. Es muss nun alles sehr schnell gehen." Obgleich die junge Frau eine ungeheure Angst vor der Operation hatte, freute sie sich.

Die Operation verlief, wie sie besser nicht hätte verlaufen können. Das Herz der jungen und verliebten Dame schlug wieder wie ein geölter Dieselmotor. Einige Wochen dauerte es jedoch, bis sie sich von den Strapazen erholt hatte.

Dennoch war sie sehr unglücklich in dieser Zeit. Zwar fühlte sie sich mit Jean-Pascal innerlich verbundener, denn je, doch kam er sie nicht mehr besuchen, was sie erst einige Tage nach der schweren Operation realisieren konnte.

"Weiß mein Freund schon, dass ich wieder ganz gesund werde?", fragte sie die Ärztin. „Und wissen sie, wann er mich besuchen kommt?"
"Ich weiß nicht", sagte die Ärztin, die dann hektisch zu einem anderen Patienten eilte.

Erst nach einigen Tagen, als Alexandra immer beunruhigter zu sein schien, sagte die Ärztin zu ihr: „Wissen sie, normalerweise erfahren wir nicht, von wem ein Spenderherz kommt. Und wenn ich es wüsste, dürfte ich es ihnen nicht sagen. Ich muss ihnen jedoch etwas anderes mitteilen. Ihr Freund ist am Tage ihrer Operation in unser Krankenhaus eingeliefert worden. Leider konnten die Kollegen nichts mehr für ihn tun. Sein Gehirn wollte einfach nicht mehr weiter leben. Aber sein Herz schlug noch, obwohl er leider bereits hirntot war."

Alexandra starrte die Medizinerin an und konnte nicht sprechen. Sie war wie gelähmt und konnte diese Nachricht noch gar nicht verarbeiten. Die Ärztin kontrollierte mit einem kurzen Blick die Herzwerte ihrer Patientin, nahm sie dann vorsichtig in den Arm und flüsterte: „Die Kollegen sagten mir, dass er einen Organspendeausweis bei sich trug. Ich glaube, sein Herz und damit seine Liebe werden nun für immer in ihnen weiter leben. Näher können sich zwei Herzen nicht kommen. Und bitte glauben sie mir: ihre Küsse haben auch sein Leben lohnenswert gemacht."

Der Freundesengel

"Oh nee", raunzte Markus mürrisch, als das Telefon klingelte. Es war niemand da, der das hätte hören können, aber wenn er im Stress war, sprach er des öfteren mit sich selbst. „Ja, Grafikatelier Ronzheimer", meldete er sich mit leicht genervtem Unterton. Eine freundliche Frauenstimme stellte ihm in den nächsten zwei Minuten zahlreiche Fragen zu einem potenziellen Auftrag, den er rein finanziell betrachtet gut gebrauchen konnte. Somit klang seine Stimme schnell freundlicher, jedoch stöhnte er nach dem Telefonat noch genervter, als zuvor: „Oh, das hätte die Alte alles auf der Homepage lesen können."

Sabrina, die Gesprächspartnerin auf der anderen Seite, hatte den nervlichen Gegenwind während dieses Telefonats zwar gespürt, erteilte Markus dennoch einen Tag später einen Auftrag, der zwar nicht unermesslich lukrativ war, dem Jungunternehmer aber dennoch einige Euro in die Kasse brachte.

Jedoch vergingen nur wenige Tage, bis Markus begann, zu bereuen, diesen Auftrag angenommen zu haben. Diese freundliche Kundin erkundigte sich nämlich immer wieder telefonisch nach irgendwelchen Details zu ihrem Grafik-Auftrag, teilte ihm neue Wünsche mit oder stellte Fragen, die sie schon mindestens zwei Mal gestellt hatte.

Nach einigen Wochen war Markus ungeheuer froh darüber, dass er der Dame mitteilen konnte, dass ihr Auftrag erledigt war. Nicht ahnend, dass prompt ein weiterer Auftrag folgte. Da es ihm seine finanzielle Situation kaum erlaubte, den Auftrag abzulehnen, sagte er auch diesmal zu, obgleich er befürchtete, dass diese Kundin weiter und weiter nerven würde.

Da Sabrina für Ihr Einzelunternehmen weitere Grafiken

kreieren lassen wollte und mit Markus` Arbeit und auch seinem Preis-/Leistungsverhältnis sehr zufrieden war, erteilte sie ihm weitere Aufträge und so vergingen viele Wochen, ja sogar Monate, in denen die beiden meist mehrmals wöchentlich telefonierten, um geschäftliche Details abzustimmen. Sabrina spürte, dass Markus entweder stets sehr gestresst und manchmal sogar genervt war, oder er aber einfach keine Lust auf Telefonate mit ihr hatte. Dennoch fand sie seine Art irgendwie sympathisch. Da sie von seinem kreativen Talent äußerst angetan war, ging sie fest davon aus, dass hinter seiner beschäftigt wirkenden Telefonstimme ein eigentlich sehr sensibler und netter junger Mann verborgen war.

Und so fasste sie an einem dieser Tage den Entschluss, ihm während eines Telefongesprächs etwas persönliches zu sagen, um damit hoffentlich das Eis zu brechen.
   „Sagen sie mal, wir telefonieren nun schon so lang und oft miteinander, eigentlich könnten wir doch auch ‚du' sagen, oder? Ich bin die Sabrina."
   „Äh, ja klar. Ich bin der Markus."

"Weißt du, Markus", fuhr sie fort, „du bist ein so wahnsinnig begabter und kreativer Grafiker, ich bin sicher, dass du ein sehr sensibler Mensch bist. Ansonsten könntest du doch nicht so kreativ sein, oder?"
   Nach einem kurzen Schweigen der Überraschung, erwiderte Markus: „Äh, ja, kann schon sein. Ja."

Nachdem das Telefonat beendet war, drückte er die kleine rote Taste seines schnurlosen Telefons und murmelte: „Ach du Scheiße, jetzt fährt die Alte auch noch auf mich ab. Ich drehe durch. Die werde ich doch nie wieder los."

In den folgenden Wochen führten die beiden diverse weitere Telefonate, in denen Sabrina immer persönlicher wurde und immer etwas mehr von sich Preis gab. Es war ein Freitagvormittag, an dem sie dann sogar so mutig war, ihm zu sagen, dass sie der Auffassung war, dass zwischen ihnen eine ganz besondere Verbindung bestünde. Da sie immer wieder bemerkte, dass er eigentlich ein recht verschlossener und einsamer Mann zu sein schien, bot sie ihm sogar an, dass er sie gerne privat anrufen könne, wenn er Mal jemanden zum Reden bräuchte.

Nach diesem Gespräch schmiss Markus sein Telefon auf den Schreibtisch und ließ seinen Kopf leicht resigniert wirkend auf seine Arme fallen, die verschränkt auf dem Tisch lagen. Dabei sagte er: „Herrgott noch mal, kann mir mal jemand diese nervtötende Tussi vom Hals schaffen?"

Nachdem einige Wochen später der letzte Auftrag abgeschlossen war, meldete sich die Dame nicht mehr. Sein Wunsch war erhört worden. Zwar dachte er gelegentlich noch an sie, aber sie schien kapiert zu haben, dass er kein Interesse an persönlichem Kontakt hatte.

Zu seinem Bedauern meldeten sich aber auch sonst in der folgenden Zeit nur wenige Menschen, die daran interessiert waren, ihm Aufträge zu erteilen. Auch die Frau, mit der er sich gelegentlich für ein sexuelles Abenteuer traf, schien stumm geworden zu sein. Er musste feststellen, dass nicht nur sein Bankkonto mittlerweile recht mager aussah, sondern er mehr und mehr in seinem Atelier vereinsamte.

Als endlich mal wieder der Geschäftsapparat klingelte, erkannte er im Display die Nummer der Anruferin. Es war Sabrina.

„Juhu", jubelte er, bevor er das Gespräch entgegen nahm, „endlich ein Auftrag."

Voller Erwartung, dass er bald wieder eine lukrative Rechnung würde schreiben können, meldete er sich gut gelaunt.

„Ah, du klingst heute richtig gut gelaunt", sagte Sabrina. „Dann kann ich mir die Frage, wie es dir geht, ja ersparen."

„Ja ja, alles okay soweit", sagte Markus. „Was darf ich dir denn diesmal hübsches entwerfen?"

„Ich rufe nur an, weil... na ja, ich weiß, du willst so was nicht hören. Aber ich hatte irgendwie das Gefühl, dass es dir nicht gut geht und dachte, ich frage dich einfach mal. Aber es freut mich, dass mich mein Gefühl da wohl getrogen hat. Ich sagte dir ja, dass ich gerne da bin, wenn du mal reden willst. Sonst wollte ich eigentlich nichts."

"Äh, ja, das ist nett", sagte Markus, der das Gespräch dann kurze Zeit später traurig beendete.

Es vergingen mehrere Monate, in denen Markus kaum noch Aufträge erhielt. Er wusste nicht, wie es finanziell weitergehen sollte und auch in seinem privaten Umfeld war es recht ruhig um ihn herum geworden. Er dachte darüber nach, warum seine freischaffende Tätigkeit plötzlich keine Umsätze mehr einbrachte und warum sich viele Freunde von ihm abzuwenden schienen. Je mehr er darüber nachdachte, um so mehr verfiel er in einen Zustand, der schon einer Depression ähnelte. Alles schien so aussichtslos, so völlig ohne Perspektive.

Plötzlich klingelte es an der Haustüre.

„Scheiße, wer ist das denn?", dachte er, während er die Nase hochzog und sich mit dem rechten Handrücken die Tränen aus den Augen zu wischen versuchte. „Ich kann doch jetzt so nicht die Tür aufmachen". Er beschloss dennoch, an der Gegensprechanlage nachzufragen, wer dort sei, da es voraussichtlich nur der Postbote sein konnte. „Ja?", sagte er fragend in den vergilbten Plastikhörer.

„Hier ist Sabrina", hörte er eine Frauenstimme sagen. „Ich war gerade in der Nähe und wollte nur mal ‚Hallo' sagen."

'Die gibt es auch nie auf', dachte er, betätigte aber ohne nachzudenken den Knopf, der die Haustür öffnete.

"Oh, störe ich?", fragte sie, als sie vor ihm stand. „Geht es dir nicht gut?"

„Doch, doch, ist schon okay. Ich bin nur erkältet und ehrlich gesagt ist mir daher heute nicht so nach reden."

Etwas verwundert fragte Sabrina: „Darf ich trotzdem ganz kurz rein kommen? Ich wollte dir auch eigentlich nur ein paar Vorlagen bringen, aus denen du mir etwas designen könntest."

"Dich schickt der Himmel", rutschte Markus heraus, der sich ja eigentlich nicht die Blöße hätte geben wollen, zuzugeben, dass seine Auftragslage gerade mehr als bescheiden war.

„Das weiß ich", entgegnete Sabrina lachend.

„Das weißt du?", fragte Markus verdutzt, der nun selbst lachen musste. „Du wusstest also, dass ich derzeit keine Aufträge habe und willst mich vor dem Ruin retten. So so."

Er lachte und bat sie herein.

"Na, dann hoffe ich doch, dass du einen ganz großen Auftrag hast", scherzte er, nachdem beide platzgenommen hatten.

„Nun, eigentlich habe ich selbst gar keinen Auftrag, sondern bin im Auftrag da. Aber es ist nett, dich endlich mal persönlich zu treffen."

„Ja, finde ich auch", sagte Markus, um freundlich zu sein. „In wessen Auftrag bist du denn da?"

"Naja, so genau weiß ich das nicht. Heute Morgen war mir so, als würde mir irgendjemand sagen, dass ich zu dir fahren muss. Und hier bin ich nun. Und damit ich mir nicht ganz so blöd vorkommen muss, habe ich ein paar kleine Engelbilder mitgebracht, die ich mir neulich im Internet ausgedruckt habe, weil sie mir so gut gefielen. Ich wollte mal fragen, ob du sie mir in groß malen könntest und was das kosten würde."

"Äh, achso", sagte Markus, dem eine gewisse Enttäuschung in sein unrasiertes Gesicht geschrieben stand. „Naja, das kann ich ja mal so nebenbei machen. Da nehme ich dann natürlich nichts dafür. Ich dachte, du könntest jetzt dazu beitragen, dass ich den Laden nicht dicht machen muss." Dabei setzte er ein leicht zynisches Grinsen auf, von dem sofort ersichtlich war, dass ihm nicht wirklich zum Lächeln zu Mute war.

"Markus, ich kann und ich werde ja auch dazu beitragen, dass du deinen Laden nicht dicht machen musst", sagte Sabrina ernsthaft. „Aber ich denke nicht, dass dir ein einzelner Auftrag von mir helfen würde."

„Wie willst Du mir denn dann helfen?", fragte Markus misstrauisch.

„Ich kann dir gerne helfen, dir selbst zu helfen. Dein Problem sind anscheinend ausbleibende Kunden. Hast du schon mal davon gehört, dass man immer das anzieht, was man selbst in seinem Inneren gerade ver- oder bearbeitet?"

"Äh, ja und? Was heißt das?", wollte Markus ungläubig wissen.

„Naja, ich nehme an, dass du in deinem Privatleben recht einsam bist. Deshalb bist du es auch beruflich. Wenn du privat keine Freunde mehr hast, weil du sie vernachlässigst, hast du auch geschäftlich schnell keine Freunde, also Kunden, mehr. Weil du auch diese dann vernachlässigen wirst."

"Was ist denn das für ein Käse? Was haben meine Freunde mit meinen Kunden zu tun?" Sabrina antwortete zunächst eine Weile nicht, sondern schaute sich in Markus` Atelier um, das auch gleichzeitig seine unaufgeräumte Junggesellenwohnung war. Dann fragte sie: „Mal Hand auf`s Herz. Wie viele gute Freunde hast du?"

Er schaute sie einen Moment etwas fragend und zugleich nachdenklich an, um dann zu antworten: „Was weiß ich. Einen oder zwei. Und noch ein paar·Kumpels, mit denen ich gelegentlich was trinken gehe."

Sabrina schaute ihn an. Zunächst mit versteinertem Gesicht, dann zogen sich ihre Mundwinkel langsam höher. Nach einer

Weile sagte sie: „Danke."

„Danke? Wofür danke?"

„Danke, dass ich nun weiß, warum es mich immer wieder zu dir zieht."

„Aha", sagte Markus verwundert. „Und warum zieht es dich zu mir?"

„Ich denke", fuhr die attraktive Dame fort, „dass ich dich immer genervt habe. Weil du dachtest, ich will was von dir. Anfangs dachte ich das auch, aber irgendwie habe ich bemerkt, dass ich mehr für dich bin, als eine nervige Kundin, die dich anbaggert. Es gibt etwas, was viel tiefer ist, als das Gefühl, sich in jemanden zu verlieben. Ich glaube, wir sind uns begegnet, um Freunde zu sein."

"So so, das ist ja sehr schön. Aber es hat trotzdem irgendwie rein gar nichts damit zu tun, dass du mir eben noch sagtest, dass du mir helfen könntest, Kunden zu finden", entgegnete Markus.

„Stimmt", willigt Sabrina ein, „als Freund hilft man nicht, Kunden zu finden, aber man hilft dem anderen, sich selbst zu finden."

Markus fand Sabrinas Ausführungen einfach nur schräg. Zwar spürte auch er, dass diese Frau irgend etwas ganz Besonderes an sich hatte, aber seiner Ansicht nach war sie doch irgendwie ein wenig gestört. Nach etwas Überlegung wurde es ihm zu blöd und er sagte recht deutlich: „Sorry. Mag lieb gemeint sein, aber du bist nicht mein Freund. Ich kenne dich gar nicht. Und du kennst mich auch nicht."

"Doch, wir kennen uns", erklärte Sabrina. „Viel länger und viel besser, als wir beide uns das vorstellen können. Du kannst mich auslachen, aber ich bin ein gläubiger Mensch. Und ich bat vor einigen Monaten meine Engel darum, mir endlich mal einen Freund zu schicken. Jemanden, der für mich da ist und für den ich da sein kann. Und zwar ohne, dass die Freundschaft nur dann funktioniert, wenn sich einer von beiden einen Nutzen davon verspricht. Und dann sah ich damals deine Anzeige und rief dich an."

"Schön, schön", spottete Markus, „ich aber habe keinen Engel um einen Freund gebeten und ich habe mir, um ehrlich zu sein, einen Nutzen von dir versprochen und sonst nichts."
„Eben", erwiderte sie, „den Nutzen bekommst du ja durch mich, wie ich nun weiß, weil wir uns geschickt wurden, um zu uns selbst zu finden."
„Ach, das kapiere ich alles nicht", sagte Markus genervt.
Lachend entgegnete sie: „Eben. Und genau deshalb bin ich ja nun da."

Zwar verstand Markus nicht im geringsten, was Sabrinas Gefasel an dem Tag bedeuten sollte, aber in den nächsten Wochen machte er sich noch sehr viele Gedanken darüber. Immer wieder dachte er an diese hübsche Frau und ihm ging dieser Satz nicht aus den Ohren, in dem sie versucht hatte ihm zu erklären, dass seine Kunden es nur gut mit ihm meinten, wenn auch er es gut mit den Menschen meinte. Irgendwie führten die vielen Gedanken dieser Art dazu, dass Markus sich wieder mehr seinen Freunden widmete und wieder die Dinge tat, die ihm Freude bereiteten. Und so nach und nach flatterten auch wieder mehr und mehr Aufträge rein.

Als es ihm sowohl geschäftlich, als auch mental wieder richtig gut ging, dachte er an Sabrina und erstmals war er es, der bei ihr anrief. Er erzählte ihr, dass es wieder besser lief und sagte leicht zynisch: „aber sag mal, du hattest doch behauptet, dass du mein Freund wärst. Ich habe in den letzten Wochen aber irgendwie gar nichts von dir gesehen oder gehört."
Darauf hin sagte Sabrina mit beruhigender Stimme: „Nun, Freunde sind wie Sterne. Man sieht sie nicht immer, aber sie sind immer da."

Gerechtigkeit

Es war schon weit nach Mitternacht. Fabio saß noch immer vor seinem Computer und beantwortete geschäftliche Mails. "Scheiße, ich habe die Buchhaltung ja heute wieder nicht gemacht", sagte er sich. Ihm war, als wüchse ihm alles über den Kopf. Nachdem er vor mehr als zwei Jahren arbeitslos geworden war, hatte er sich selbständig gemacht, um nicht in den Sozialhilfestatus abrutschen zu müssen. Er glaubte an sich und seine Ideen. Er hatte Visionen und er wusste, dass er Erfolg damit haben könnte. Jedoch schien dieser Erfolg bislang auszubleiben.

Monat für Monat kämpfte er um das finanzielle Überleben und dagegen, Insolvenz anmelden zu müssen. Sicher, viele Menschen wären froh gewesen, die Einnahmen zu haben, die er monatlich auf seinem Konto verbuchen konnte. Doch die laufenden Kosten waren immens hoch. Eine Rechnung nach der anderen flatterte ins Haus, Mahnungen, Zahlungsaufforderungen und, das schlimmste, extrem hohe Steuerbescheide, die keinen Aufschub duldeten.

Fabio hatte das Gefühl, er hätte täglich 24 Stunden arbeiten können und er hätte noch immer nicht einmal die Hälfte dessen geschafft, was an Arbeit auf seinem Schreibtisch und in seinem Computer auf ihn wartete. Und so war es wohl auch. Eine Aushilfskraft hätte er sich jedoch beim besten Willen nicht leisten können. So kämpfte er weiter, fand nachts allenfalls vier Stunden schlaf und vernachlässigte seine Freunde und Bekanntschaften völlig, da es seine finanzielle Situation einfach nicht zuließ, sich ein paar Abende frei zu gönnen. Sein letztes freies Wochenende lag sogar schon viele Monate zurück.

Auch körperlich machte sich der Stress und der seelische Druck allmählich bemerkbar. Dies war nicht verwunderlich, denn von der fettreichen Ernährung und dem Schlafmangel abgesehen, gönnte er sich nahezu keine Auszeit und frische Luft atmete er nur ein, wenn er mal zum Einkaufen hetzte oder seine Geschäftspost aus dem Postfach holte. Fabio stand kurz vor einem Burn-Out-Syndrom und sicher war er auch ein potentielle Kandidat für Herzinfarkt und Schlaganfall, denn auch sein Zigarettenkonsum stieg beträchtlich an.

Und trotz seines finanziellen Überlebenskampfes, war Fabio ein Mann, der sich selbst gerne als zu gut für diese Welt bezeichnete. Er hatte es noch immer nicht gelernt, energisch genug ‚nein' zu sagen, wenn jemand um seine Hilfe bat. Oft bat er seine Hilfe auch freiwillig an. Menschen, die ihm wichtig waren oder die er gerne mochte und denen er vertraute, half er sowohl körperlich, als auch finanziell, selbst wenn seine eigenen Mittel dies kaum zuließen.

"Ich muss einfach konsequenter sein", dachte er, als sein 42. Geburtstag verstrichen war und ihm einige seiner Freunde, oder nennen wir sie lieber Bekannte, nicht gratuliert hatten. Er nahm sich zwar selbst nicht sonderlich wichtig und er konnte gut nachvollziehen, dass man mal einen Geburtstag vergessen konnte, aber von dem Einen oder Anderen hätte er schon eine kurze Glückwunschbotschaft erwartet.

Es tat ihm weh, dass insbesondere sein Freund Tommy sein Wiegenfest vergessen hatte. „Toll, solange ich ihm bei seinem Umzug helfen kann, kennt er mich. Danach bin ich vergessen." Auch hier war er kürzlich mal wieder hilfsbereit gewesen und hatte sich seinem Freund zuliebe viele Stunden von der finanziell für ihn so wichtigen Arbeit abhalten lassen. Als Fabio ihn aber wenige Tage später wegen eines Problems versucht hatte, zu erreichen, konnte er stets nur den Anrufbeantworter kontaktieren. Ein Rückruf seines Freundes erfolgte jedoch nicht. Und nun hatte er auch noch seinen Geburtstag vergessen.

In solchen Situationen, die Fabio in seinem Leben unzählige Male erlebt hatte, nahm er sich dann immer wieder vor, konsequenter in seinem privaten Umfeld aufzuräumen und all die Freunde auszusortieren, die eigentlich keine waren. Es gelang ihm jedoch nur bedingt. Vielleicht war er eben wirklich zu gut für die Welt.

Seine platonische Freundin Carola gehörte nicht zu den Menschen, die er aus seinem Leben aussortieren wollte. Zwar bat auch sie ihn gelegentlich um Unterstützung, aber ihr gewährte er sie stets sehr gerne, denn er wusste, dass Carola dies zu schätzen wusste und dass auch sie für ihn da sein würde, wenn er ihre Hilfe benötigen würde.

"Ich habe keine Ahnung, wie ich meine Miete bezahlen soll. Könnte ich sie vier Wochen aufschieben, wäre es kein Problem, aber mein Vermieter wird mir was anderes erzählen", sagte Carola äußerst deprimiert am Telefon.
"Wie viel Geld würdest du denn brauchen?", fragte Fabio, der ja selbst nicht wusste, wie er über die Runden kommen sollte.
"600 Euro. Aber ich kriege erst in knapp vier Wochen wieder Geld. Ich habe keine Ahnung, wie ich das hinkriegen soll", antwortete sie.

Fabio konnte ihre Situation aus eigenen Erfahrungen nur zu gut nachfühlen und fragte nach kurzem Überlegen: „Würde es dir weiterhelfen, wenn ich dir 550 Euro überweise? Soviel könnte ich gerade noch zusammenkratzen. Ich brauche sie aber dann in vier Wochen unbedingt zurück."
"Würdest du das wirklich tun? Ach, du bist ein Schatz", entzückte Carola fröhlich durch den Hörer.

So überwies er ihr noch am gleichen Tag per Online-Banking sein letztes Geld und es fühlte sich für ihn schöner an, als wenn er einen großen Auftrag erhalten hätte. Er fühlte sich wahnsinnig gut dabei, zu fühlen, einen Menschen glücklich gemacht und etwas Gutes getan zu haben.

Zwei Tage später öffnete Fabio einen Brief seiner Vermieterin. Er wunderte sich, Post von ihr zu erhalten und wollte seinen Augen nicht trauen, als er das Schreiben las. Es handelte sich um die jährliche Nebenkostenabrechnung. Es war eine Nachzahlung von 543,- Euro fällig, die Fabio binnen zwei Wochen zahlen sollte, was ihm nun nicht mehr möglich war, nachdem er fast exakt diesen Betrag für vier Wochen verliehen hatte. Nun war er derjenige, der seiner Vermieterin auf peinliche Weise erklären musste, dass er diese Forderung derzeit nicht begleichen konnte.

Mit dem Schreiben in der Hand sank Fabio in den Sessel. Seine Körperhaltung stellte eine Mischung aus Resignation und ohnmächtiger Hilflosigkeit dar. Langsam traten Tränen in seine Augen und sein Körper begann leise zu zittern. Sein Puls schnellte hoch auf mindestens 150 Schläge pro Minute und aus den zierlichen Tränen wurde ein lautes hilfloses Flennen und Schluchzen. Er konnte nicht mehr. Er hatte einen völligen Nervenzusammenbruch.

"Ich kann nicht mehr", schrie er wimmernd. Er richtete seinen Blick gen Zimmerdecke und fuhr weinend fort: „warum macht ihr das mit mir? Wenn ich etwas gutes tue, tretet ihr mir dafür in den Arsch. Ich will nicht mehr! Ich kann nicht mehr! Wo bitte ist da die Gerechtigkeit? Das ist einfach nicht gerecht."

Er zitterte, bekam Fieber und weinte, wie ein kleiner Junge. In dieser desolaten körperlichen Verfassung war ihm plötzlich, als sehe er einen Geist vor sich. Ein helles Wesen mit menschlichen Konturen, das sogar Flügel zu tragen schien.

Dieser Engel schien sogar mit ihm zu sprechen und sagte: „doch Fabio, es ist gerecht. Alles hat seinen Sinn, auch wenn du ihn nicht siehst."

"Ach, geh weg! Lasst mich in Ruhe!", schrie der zitternde Mann heulend. „Für alles und jeden reiße ich mir den Arsch auf, habe keine Freizeit mehr, nur um überleben zu können, und wenn ich anderen helfen will, werft ihr mich zu Boden und tretet noch mal nach! Stimmt, darin sehe ich in der Tat keinen Sinn!"

"Fabio, nicht alles, was sinnlos erscheint, ist auch wirklich sinnlos. Die geistige Welt will aber stets nur dein Bestes. Glaube mir bitte. Du musst es nicht verstehen", versuchte das Lichtwesen mit ruhigem Ton zu beruhigen.

"Ich will es aber verstehen, sonst können mich alle mal am Arsch lecken! Dann mache ich künftig eben auch krumme Geschäfte, wie all die anderen, denen es gut damit geht. Man scheint ja in dieser verkackten Welt nur was zu erreichen, wenn man so schlecht ist, wie all die anderen Ärsche und wenn man sich nur um sich selbst kümmert", brüllte Fabio den traurig blickenden Himmelbotschafter an.

"Nein Fabio", entgegnete dieser. „All die anderen Ärsche, von denen du sprichst, erfahren nicht die Gerechtigkeit, die Menschen, wie du erfahren. Freue dich, dass die Gerechtigkeit dafür sorgte, dass du diese 550 Euro nun nicht mehr zur Verfügung hast."

"Ja, na klar. Ich hätte dann ja tatsächlich vielleicht bis nächsten Monat die Anzahlung für ein neues Auto zusammengekratzt. Ich bin ja so froh, dass die Gerechtigkeit dafür sorgt, dass jeder Asso einen Benz fährt und ich weiter mit dem Bus fahren darf. Ganz toll. Vielen Dank dafür", brüllte Fabio den Engel zynisch an.

"Denke was du willst, Fabio", versuchte der Engel zu erklären, „aber ich halte es durchaus für gut und gerecht, dass ein herzensguter Mensch wie du, einem anderen guten Menschen helfen durfte, anstatt sich mit dem gleichen Geld ein Auto zu kaufen. Du suchst den Sinn? Bei diesem Wagen hätten in einigen Wochen bei Tempo 160 auf der Autobahn die Bremsen versagt...“

Fabios Tränen der Wut wandelten sich in Tränen der Demut und Dankbarkeit und während er völlig ermattet einschlief, flüsterte er leise: „Danke.“

Das Liebeslied

Tatjana lächelte. Sie fand es äußerst amüsant, was die Männer in diesem Chat-Raum von sich gaben. Von penetrant nervender Anmache über versaute Proleten-Sprüche bis hin zu völlig übertriebener Freundlichkeit war an diesem Abend mal wieder alles zu lesen.

Manchmal vertrieb sie sich die Zeit in einem solcher Internet-Chaträume, in denen es um Partnerschaft, Liebe und Seitensprünge gehen sollte. Obgleich sie alleinstehend war, hatte die 33-jährige, leicht mollige Frau aber nicht ernsthaft vor, hier nach einem Partner Ausschau zu halten. Sie fand es eher erschreckend und belustigend zugleich, wie primitiv die meisten Männer doch in solchen Web-Foren zu sein schienen.

An diesem kalten Februar-Abend fiel ihr aber dennoch ein Mann auf, der anders zu sein schien, als die anderen. Er war freundlich und machte einen ganz normalen Eindruck. Er wirkte nicht wie andere virtuelle Internet-Bekanntschaften, sondern eher wie ein realer und ganz normaler Mensch. Nach einer langen schriftlichen Unterhaltung beschloss Tatjana, mit diesem Mann ruhig öfters zu chatten, falls er sie wieder anschreiben und dabei so nett und normal bleiben würde.

Und so chatteten die beiden in den nächsten Tagen und Wochen fast täglich. Manuel, der zwei Jahre jünger war als sie, erzählte ihr dabei, dass er noch verheiratet war, die Ehe mit seiner Frau aber quasi vorbei sei. Die beiden hatten sich längst auseinander gelebt, wohnten aber noch gemeinsam im eigenen Haus. Tatjana war skeptisch bei einem Mann, der noch verheiratet war, ob er es wirklich ehrlich meinen würde oder ob er vielleicht doch eher nur auf eine zwanglose Affäre aus war. Das hätte sie nicht gestört. Gestört hätte sie lediglich, wenn er nicht ehrlich zu ihr gewesen wäre.

Tatjana suchte ja selbst nicht nach einem Mann für eine feste Beziehung. Sie war sogar der Ansicht, nie wieder wirklich lieben zu können. Einige Jahre zuvor hatte sie ihren langjährigen Lebenspartner durch einen schweren Unfall verloren, für den sie sich die Schuld gab. Seither wollte sie ganz bewusst keine tiefen Gefühle mehr zulassen, um nicht eventuell wieder ähnliche Schmerzen, die sie noch immer nicht ganz verarbeitet hatte, ertragen zu müssen.

"Sicher können wir uns irgendwann mal sehen", sagte sie zu Manuel, als sie nach einigen Wochen dann auch miteinander telefonierten. „Aber ich sage dir gleich, es dauert bei mir sehr, sehr lange, bis ich soviel Nähe zulasse. Und ich sage Dir auch gleich: ich bin keine einfache Frau. Egal, wie nah mir ein Mann kommen darf, niemals werde ich mit einem Mann zusammenziehen und niemals werde ich einem Mann je wieder ‚ich liebe dich' sagen. Wenn du mit so was ein Problem hast, dann brauchen wir uns gar nicht näher kennen lernen."

Manuel freute sich über diese Offenheit und war beeindruckt von der Selbstsicherheit, die diese Frau ausstrahlte. Dennoch wunderte er sich darüber, dass sie von vorneherein so distanziert an dieses akustische Kennenlernen heran ging. Sie erklärte ihm dann, dass sie ihren früheren Freund auf dramatische Weise verlor, sich selbst die Schuld dafür gab und darunter litt, dass sie sich nie von ihm hat verabschieden können. Manuel verstand das.

In den nächsten Wochen und Monaten verging nicht ein einziger Tag, an dem die beiden nicht miteinander telefonierten. Über ein halbes Jahr führten die beiden eine Art Telefonbeziehung, ohne sich jemals gesehen zu haben. Dabei wusste Tatjana anhand von Fotos, wie Manuel aussah. Er hingegen hatte von ihr keine Bilder sehen dürfen, da sie weiterhin eine unnahbare Distanz wollte, um sicher gehen zu können, dass Manuels Empfindungen ihr gegenüber wirklich tief und ehrlich waren.

Diese Tatsache störte den knapp über 30-jährigen Mann sehr, doch er nahm sie in Kauf, um nicht zu riskieren, dass die freundliche Frau sich wieder von ihm abwenden könnte, denn er hatte sich mittlerweile in sie verliebt, ohne sie jemals gesehen zu haben.

Auch Tatjana machte den Eindruck, starke Gefühle für Manuel entwickelt zu haben, jedoch wollte sie, im Gegensatz zu ihm, dies nur ansatzweise zugeben.

Den beiden fiel während ihrer Telefonate immer wieder auf, dass, wann immer sie miteinander zu tun hatten, ein bestimmter Sänger namens Jonny Hayes im Radio lief. Wenn sie miteinander chatteten lief einer seiner Video-Clips im Fernsehen oder sein Hit 'She`s Destined To Be Mine' dudelte im Radio während sie miteinander telefonierten. Dies war fast immer so und die beiden fragten sich, ob dies ein Zufall sei. Es war über Monate hinweg mehr als auffällig. Manuel dachte sich, dass ein tieferer Sinn dahinter stecken müsse, wenn ausgerechnet dieser Hit die beiden Telefon-Turtel-Tauben immer wieder miteinander verband, in dem davon gesungen wurde, dass sie für ihn vorbestimmt sei.

Nach mehr als einem halben Jahr voller liebevoller, tiefgründiger und manchmal auch erotischer Telefonate, in denen die beiden sich bereits ausgiebig kennen lernten, rang Tatjana sich dann endlich dazu durch, diesen Mann persönlich zu treffen. Wie zwei Teenager schauten sie sich verlegen an, als sie voreinander standen. Manuel hatte bis dato ja keine Ahnung, wie Tatjana wohl aussehen möge und ihm fiel unmittelbar auf, dass ihre Beschreibung, die sie ganz am Anfang im Chatraum mal von sich gab, nicht bloß übertrieben, sondern gewaltig gelogen war. Der angebliche Waschbrettbauch, den sie durch ihr tägliches Workout mit unzähligen Sit-Ups haben sollte, war unter einem molligen Körper versteckt. Tatjana war eine Frau, die Manuel aufgrund ihrer äußerlichen Erscheinung sicher nie auf der Straße angesprochen hätte.

Manuel war aber längst in sie verliebt und so war es ihm völlig egal, wie sie aussah und welchen Körperbau sie hatte. Erstmals in seinem Leben stellte er fest, dass es tatsächlich möglich war, einen Menschen nur aufgrund seiner inneren Werte zu lieben und dass dabei die äußere Hülle keine Rolle spielte.

Es dauerte an diesem Abend des ersten Treffens mehrere Stunden, bis sie ihre Verlegenheit so weit abgelegt hatten, dass sie sich endlich küssten. Dass währenddessen aus den Lautsprecherboxen des Bistros der Jonny Hayes-Hit 'She`s Destined To Be Mine' erklang, erschien dabei ja schon fast nicht mehr wunderlich.

Nun hatte es die beiden endgültig erwischt. Was als kleiner Spaß und Zeitvertreib im Chat-Raum anfing, mauserte sich nun zu einer wirklich großen Liebe. Schon wenige Tage später trafen sie sich wieder. Obgleich sich Tatjana zuvor viele Monate nicht traute, diesen Mann überhaupt zu treffen, wuchs nun sogar bereits das körperliche Verlangen nach ihm, was er auch gerne stillte. Viele Wochen trafen sich die beiden nun bei Tatjana zu Hause, da Manuel ja noch immer ein Haus mit seiner Noch-Ehefrau teilte. Es wurde eine wunderschöne Beziehung, in der es zwar auch Reibereien gab, die aber jeder als harmonisch und äußerst verliebt beschrieben hätte.

Eines Tages sagte Manuel dann, in dem Glauben, seiner Tatjana eine große Freude zu machen: „es kann so nicht weitergehen. Ich möchte geregelte Verhältnisse. Ich werde mich endgültig von meiner Frau trennen."

Tatjana schaute ihn völlig geschockt an und schrie plötzlich los: „was wirst du?! Dich von Deiner Frau trennen? Ich dachte, ihr seid längst getrennt und lebt nur noch aus finanziellen

Gründen zusammen?!"

"Äh, was ist denn jetzt los?", fragte Manuel völlig verwirrt. „Ich habe nie gesagt, dass wir getrennt sind. Ich sagte lediglich, dass unsere Ehe quasi vorbei ist, weil wir uns auseinander gelebt haben. Wir leben nur noch wie Bruder und Schwester. Ich dachte, du freust dich, wenn ich mich jetzt für dich von ihr trenne."

"Du mieses Arschloch!", schrie Tatjana den entsetzt wirkenden jungen Mann an. „Du hast mich die ganze Zeit nur verarscht und ausgenutzt!"

Es entstand nun ein lautstarker Streit. Manuel war sich keiner Schuld bewusst. Er hatte ihr doch von Beginn an gesagt, dass er verheiratet war und er dachte, dass ihr dieses klar war. Tatjana hingegen hatte nun das Gefühl, dass er sich nicht getraut hatte, sich zu trennen und erst einmal herausfinden wollte, ob sie die richtige für ihn sei, bevor er sich von seiner Frau verabschieden würde. Sie fühlte sich dadurch wie eine Ersatzspielerin, was ein demütigendes Gefühl war.

Der Streit eskalierte dermaßen, dass sich die beiden noch im Rahmen dieser Auseinandersetzung voneinander trennten.

Schon am nächsten Tag rief Tatjana jedoch wieder bei ihm an. Sie wollte es nicht hinnehmen, dass dieses wunderschöne Gefühl von Liebe, dass sie seit langem endlich wieder in sich verspüren durfte, auf diese Weise von einem auf den anderen Tag zerstört werden sollte. Sie rief ihn während der Arbeitszeit in seinem Büro an, was Manuel jedoch sehr nervte, da er nicht wollte, dass während seiner Arbeit irgendwelche Beziehungsdiskussionen geführt wurden. Dennoch rief sie immer und immer wieder dort an, weil sie mit ihrer verletzten Eitelkeit nicht klar kam. Damit endlich Ruhe einkehrte, ließ Manuel sich darauf ein, sich nach Feierabend mit ihr auf einem Parkplatz zu treffen.

Nun lief die Meinungsverschiedenheit der beiden mit ruhigeren Worten ab, jedoch hatte Manuel für sich beschlossen, dass eine Beziehung nach einer solch heftigen verbalen Auseinandersetzung wohl keinen Sinn mehr habe, was er Tatjana dann auch in ruhigem Tonfall mitteilte.

Sie schaute ihm tief in die Augen und schämte sich ihrer Tränen nicht, als sie leise zu ihm sagte: „aber ich liebe dich doch."

Manuel bekam eine Gänsehaut. Hatte sie das nun wirklich gesagt? Wo sie sich doch so sicher war, dass sie diesen Satz nie wieder zu einem Mann sagen würde? Es berührte ihn sehr.
"Naja, ich werde es mir noch mal überlegen. Lass uns mal ein paar Tage Auszeit nehmen", sagte er und versuchte dabei, möglichst gelassen zu wirken.

Als er anschließend den Wagen startete, um nach Hause zu fahren, war im Autoradio einmal mehr der Song 'She`s Destined To Be Mine' von Jonny Hayes zu hören.
„Ach verdammt", dachte er, „ich liebe sie doch auch."

So dauerte es keine 30 Stunden, bis die beiden wieder ein Paar waren. Schnell hatten sie sich versöhnt und Tatjana konnte gut damit leben, dass Manuel sich nun endlich definitiv von seiner Frau trennen würde. Dass dies nachweislich der Fall war, ließ sich daran erkennen, dass er sich in den nächsten Wochen um eine eigene Wohnung bemühte und diese nach einigen Monaten auch bezog.

Wieder war es eine äußerst schöne und stimmige Partnerschaft, bei der zwei Charaktere zusammenkamen, die sich hervorragend ergänzten, aber auch viele Einstellungen miteinander teilten. Es passte also alles und es schien sich eine Beziehung zu entwickeln, wie sie in kitschigen Liebesfilmen nicht besser hätte dargestellt werden können. Wie ein kleiner Bruder, der bei allen Aktivitäten dabei sein möchte, wurden sie währenddessen immer weiter von dem amerikanischen Schnulzen-Sänger Jonny Hayes verfolgt, wann immer sie gemeinsam Radio hörten oder einen Musik-Sender im Fernsehen anschauten.

Beide lebten trotz ihrer emotionalen Verbundenheit weiter ihr eigenes Leben und unternahmen viel ohne den Partner. Manuel war oft mit seinen Freunden unterwegs, Tatjana mit ihren Freundinnen oder Kollegen. Besonders sie legte weiterhin grossen Wert darauf, dass sich die beiden nicht zu oft sahen, denn sie war der Meinung, dass Beziehungen schnell kaputt gehen, wenn man sich zu sehr auf der Pelle hängt, wie sie es auszudrücken pflegte.

Sie waren schon über ein Jahr zusammen, als Manuel den Anlass verspürte, eifersüchtig zu werden. Seine Freundin erzählte von einem neuen, gutaussehenden Kollegen. Nein, sie erzählte nicht von ihm, sondern sie schien von ihm zu schwärmen. Es dauerte nicht lange, bis sie dann mit diesem Kollegen auch ausging. Ohne, dass Manuel dabei war, versteht sich.

Nach und nach schien nun neues Unkraut in das Beziehungsgebilde der beiden zu wachsen. Was als kleine Eifersuchts-Pflanze begann, entwickelte sich zu einem überdimensionalen Misstrauens-Unkraut.

„Wenn du nichts mit ihm hast, dann kann ich ja auch mal mitkommen, wenn ihr euch trefft", sagte Manuel mit zornigem Tonfall. Er hatte mittlerweile schon einige Diskussionen dieser Art angezettelt.

"Warum sollte ich dich mitnehmen?", erwiderte Tatjana. „Damit du dann eine Eifersuchts-Szene machen kannst? Nee, das ist mir zu blöd. Was soll der denn dann von mir denken?"

"Ach, dir ist also wichtiger, was dein Kollege von dir denkt, als unsere Beziehung zu retten", schrie Manuel. Tatjana war bis dahin nicht bewusst, dass er so eifersüchtig war, dass nun deshalb die Beziehung schon in Gefahr war. Sie wurde zornig.

Aus Trotz sagte sie: „Traust du mir echt zu, dass ich was mit ihm habe oder was? Klar, wir poppen zwei Mal in der Woche. Zufrieden?"

Das hätte sie besser nicht gesagt. Manuel rastete aus vor Zorn. Er schmiss den Kugelschreiber, mit dem er zuvor noch aufgeregt rumspielte, vor Wut an die Wand. Wieder entstand ein massiver Streit, bei dem sich die beiden heftig verbal attackierten. Manuel war so in Rage, dass er dabei erniedrigende Schimpfwörter gebrauchte.

"Es reicht. Das war`s!", sagte Tatjana mit ernster Mine, bevor sie ihre Sachen packte und Manuels Wohnung für immer verließ.

Natürlich war ihr bewusst, dass sie diesen Mann liebte. Vielleicht hatte sie nie zuvor in ihrem Leben so geliebt. Aber sie hatte sich geschworen, sich nie wieder von einem Mann demütigen und auf proletenhafte Art beschimpfen zu lassen. Niemand hätte sich das erlauben dürfen. Nicht einmal Manuel. Ihr Entschluss stand fest und wenn sie einmal eine Trennung wirklich fest beschlossen hatte, dann blieb sie auch stets dabei.

In den nächsten Wochen versuchte Manuel sich auf vielfältige Art zu entschuldigen. Er versuchte, sie telefonisch zu erreichen, doch stets meldete sich nur der Anrufbeantworter. So schickte er ihr über einen Versanddienst rote Rosen mit einer Entschuldigungskarte, schrieb ihr mehrere lange Briefe und E-Mails. Er konnte in seinem Mail-Programm nachvollziehen, dass Tatjana alle Mails gelesen hatte, aber eine Antwort erhielt er nie.

So vergingen Wochen, Monate, Jahre ohne Kontakt. Eine

große Liebe mit wirklich tiefen Gefühlen war einfach vorbei. Innerhalb weniger Minuten. Und auch der amerikanische Radio-Star Jonny Hayes schien keinen Hit mehr landen zu können, denn beide hatten ihn fortan nur noch äußerst selten im Radio gehört.

Sie fragten sich beide oft, wie es dazu kommen konnte. Während Tatjana zwar sehr bedauerte, dass es auseinander gegangen war, hielt sie weiter an ihrem Entschluss fest, dass sie es nicht nötig hatte, sich so behandeln zu lassen. Sie war der Auffassung, dass es für beide das beste sei, wenn sie auf seine Entschuldigungen nicht reagieren würde. Denn einen neuen Beziehungsversuch hielt sie für ausgeschlossen und wenn sie keinen Kontakt mehr haben würden, würden die Herzschmerzen sicher am schnellsten nachlassen. So empfand sie auch nach einigen Jahren noch, wenn sie an ihn dachte und immer noch Schmerzen verspürte, die eine Mischung aus Schmerz der Demütigung und aus Schmerz des Verlustes waren.

Manuel hingegen war sich längst bewusst geworden, dass er einen großen Fehler gemacht hatte. Er wollte für die Zukunft daraus lernen und hatte sogar freiwillig eine Therapie gemacht, um seine Eifersucht und vor allem seine Verlustangst, die tief in ihm schlummerte, in den Griff zu bekommen, was auch zu gelingen schien.

Er war inzwischen eine neue Beziehung eingegangen, die sehr harmonisch verlief. Obgleich ihm seine neue Partnerin oft Anlass dazu gegeben hätte, eifersüchtig zu werden, war dies nie der Fall. Er war froh darüber, dass er seine Eifersucht dank der Therapie nun so gut im Griff hatte. Was er nicht ahnte, war aber, dass dies womöglich gar nicht daran lag, dass er seine Gefühlsausbrüche im Griff hatte. Vielleicht lag es vielmehr daran, dass er seine neue Partnerin gar nicht so tief lieben konnte, um überhaupt Eifersucht zu verspüren. Weil seine eigentliche Liebe nämlich immer noch Tatjana galt.

Die Trennung lag nun mittlerweile sieben Jahre zurück. Tatjana hatte in dieser Zeit die eine oder andere Liebelei mit Männern, die meist gebunden waren. Eine feste Beziehung wollte sie nicht mehr eingehen und wenn sie einen Mann kennen lernte, sagte sie stets schon beim ersten Treffen: „du wirst nie einen Satz, wie ‚ich liebe dich' von mir hören."

Weniger denn je war sie nun bereit, echte Gefühle zuzulassen. Sie war weiterhin die ausgelassene, fröhliche und lebensfrohe Frau, die jeder auch schon zuvor in ihr sah. Aber in ihrem Inneren war sie nie wieder so glücklich, wie sie es einige Jahre zuvor mal kurzzeitig mit Manuel war.

Manchmal dachte sie noch an ihn, aber diese Gedanken wurden immer seltener. Meist waren es eher negative Gedanken, da ihr Unterbewusstsein wohl versuchte, ihn endgültig aus dem Gedächtnisspeicher zu löschen. Sie suchte ihr Glück in ihrer Arbeit und versuchte, sich auf ihre Karriere zu konzentrieren, in dem sie unzählige Überstunden absolvierte.

"Guten Morgen. Es ist 6 Uhr 3", sagte eine aufgesetzt freundliche Frauenstimme im Radio, während ihr Radiowecker sie zu wecken versuchte. „Die gefühlte Uhrzeit beträgt 3 Uhr 23", fuhr die Radiomoderatorin fort. „Wir haben es gerade gehört: heute soll ein sonniger Tag werden. Also nichts wie raus aus den Federn. Vielleicht hilft ihnen dabei der neue Song von Jonny Hayes mit dem Titel ‚It`s Not To Late To Feel Your Love'. Vielleicht denken ja auch sie dabei an ihre große verlorene Liebe, von der Jonny da singt." Tatjana war wach. Hellwach.

Nun ging es wieder los. Wann immer sie Radio hörte, musste sie das neue Liebeslied von Jonny Hayes ertragen. Wann immer sie sich durch die Fernsehprogramme zappte, erschien kurzzeitig das Video zu dem Song. Wann immer sie einkaufen war, stand irgendwann die entsprechende CD vor ihr. Und immer wieder schlug sie dabei die Verbindung zu Manuel, an den sie nun wieder laufend denken musste.

Das ging viele Wochen so, bis sie es nicht mehr aushielt. Sie beschloss, sich bei ihm zu melden. Sie hatte das Bedürfnis, ihn zu treffen und mit ihm zu reden. Dabei wusste sie nicht, was sie eigentlich von ihm wollte. Vielleicht wollte sie ein abschliessendes Gespräch, um die damalige Beziehung endlich verarbeiten zu können. Eine neue Partnerschaft mit ihm wollte sie sicher nicht, zumal sie ja gar nicht wusste, wie er inzwischen lebte und ob er wieder in einer Beziehung war. Aber dennoch hoffte sie darauf, dass er noch oder wieder zu haben war.
„Verdammt, ich liebe diesen Hund immer noch", dachte sie. Und schließlich war ihr klar geworden, dass sie ihn immer geliebt hatte. Und sie liebte ihn auch nun noch so sehr, dass sie ihn gerne wieder neu kennen lernen wollte und es, sofern möglich, doch noch einmal mit ihm probieren wollte.

Vergeblich suchte sie nach seiner Nummer. Diese hatte sie längst gelöscht und auch im Telefonbuch war sie nicht zu finden. Ihr Herz schlug bis zum Hals. Sie war wie neu verliebt in ihn und jedes Mal ganz aufgeregt, wenn sie nur an ihn dachte. Er war ihre Liebe des Lebens. Er hatte das immer gesagt, aber sie wollte es nie so recht wahr haben. Nun fühlte sie es endlich selbst.

Sie überlegte, wie sie an seine Nummer kommen würde. So suchte sie nach der Telefonnummer seiner Frau, die ja mittlerweile sicher seine Ex-Frau sein würde. Aber auch diese Nummer war im Telefonbuch und im Internet nicht zu finden, da sie nach der Scheidung wieder ihren Mädchennamen annahm, den Tatjana aber nicht kannte.

So beschloss sie, direkt zu seiner Wohnung zu fahren. Es war eine große Überwindung nötig, aber sie musste mit ihm reden. Ihr Herz befahl es ihr förmlich. Alles negative war inzwischen längst vergessen. Sie wollte nur noch eines: zurück zu Manuel.

Bei seinem Wohnhaus angekommen, musste sie aufgeregt feststellen, dass sein Name nicht mehr am Klingelschild zu lesen war.

„Scheiße, er ist natürlich umgezogen", dachte sie. So beschloss die aufgeregte und unsterblich neu verliebte Frau, bei den Nachbarn zu klingeln. Manuel hatte damals ein gutes und nahes Verhältnis zu diesen Nachbarn und vielleicht würden sie wissen, wohin er gezogen ist.

Sie nahm sich allen Mut zusammen und schellte. Eine ältere Dame kam zu Haustür und sagte freundlich, aber verblüfft: „Hallo, was machen sie denn hier?"
"Guten Tag. Entschuldigen sie bitte die Störung. Ich bin auf der Suche nach Manuel. Er scheint hier ja nicht mehr zu wohnen. Wissen sie vielleicht, wohin er gezogen ist?"

"Oh", sagte die ältere Dame, „sie wissen gar nicht?"
Einen Moment lang blieb sie still. Dann setzte sie ihren Satz mit sehr traurigem Gesichtsausdruck fort. „Manuel ist vor einigen Monaten von uns gegangen. Es war so tragisch. Er wollte zu einem Rockkonzert von so einem amerikanischen Sänger. Ich komme jetzt nicht auf den Namen. Naja, ist ja auch egal. Er sagte nur vorher, er müsse zu dem Konzert, obwohl er wisse, dass es ihm das Herz zerreisen würde. Und dann brach er während des Konzerts tatsächlich wegen Herzversagen zusammen. Und das in dem Alter!"

"Nein! Das ist nicht wahr", sagte Tatjana hysterisch, während sie zu weinen begann.
"Doch. Leider doch, mein Kind", entgegnete die Frau, die selbst gegen ihre Tränen ankämpfte. Tagelang war die Polizei hier, weil sie einen Selbstmord vermutet hatten, der sich aber nicht bestätigte. In seiner Wohnung lagen nämlich lauter CDs von diesem Sänger. Achja, Jonny Hayes heißt er. Und dabei lag ein Brief von Manuel an diesen Sänger, der aber noch nicht abgeschickt war. Darin soll sinngemäß so was gestanden haben,

wie: Jonny, du bist ein Engel! Danke für dein neues Lied. Durch dich weiß ich einmal mehr, wer meine wahre Liebe ist. Nun weiß ich, was ich zu tun habe. Ich bin sicher, nur ein Engel wie du kann uns wieder zusammenführen. Ich würde sogar sterben für diese Frau."

Tatjana weinte bitterlich und die Frau fügte hinzu: „ach, wenn diese Frau doch nur gewusst hätte, wie sehr Manuel sie geliebt hat."

Der Karma-Engel

Auf der Straße tobte ein Lärm, wie auf einem Kindergarten-hof . Normalerweise schloss Carl dann meist das Fenster. Heute aber nahm er die Geräuschkulisse gar nicht war.

Sein eigener Lärm war lauter. Er schlug mit der Handkante seiner geballten Faust auf den Tisch und schrie: „ihr könnt mich alle mal am Arsch lecken! Ich habe keinen Bock mehr auf dieses verschissene Leben!"

Gelacht hatte Carl schon länger nicht mehr herzhaft, aber er war nicht die Sorte Mensch, die man als depressiv oder chole-risch bezeichnen würde. Jedoch gab es wohl auch nicht viele Menschen in seinem Umfeld, die das wirklich hätten beurteilen können. Nicht vielen war es vergönnt, in das innere seiner Seele oder seines Herzens zu blicken.

Ein freundlicher und umgänglicher Mann, der die vierzig erst knapp überschritten hatte, der innerlich, hinter der nach außen sichtbaren Fassade, in den letzten Jahren zu einem Emotions-choleriker mutierte. Es waren nicht nur die vielen Wunden, die die Liebe geschlagen hatte. Es war gleichzeitig auch die aus-sichtslose berufliche und finanzielle Situation der letzten Jahre, die ihn zu einem sehr verzweifelten Menschen machte.

"Ich habe so die Schnauze voll, das kann sich kein Arsch vor-stellen", schrie er verzweifelt. Tränen der Wut standen in seinen Augen. „Warum kriege ich immer nur in den Arsch getreten? Ich kann einfach nicht mehr!"

Schließlich brach er in Tränen aus und sein Schluchzen klang mehr als verzweifelt. Die Tränen tropften auf den Nach-zahlungsbescheid des Finanzamtes, der neben weiteren Rech-nungen und Mahnungen auf seinem Schreibtisch lag. Aber die

Tränen schafften es nicht, das bedruckte Blatt zu verwischen.

Es war mitten in der Nacht, als Carl aufwachte. Er hatte nicht geschlafen, weil er müde war, sondern weil der Inhalt der beiden mittlerweile leeren Whiskey-Flaschen auf seinem Tisch wohl dafür gesorgt hatte, dass sein Körper sich gegen weitere ruinöse Handlungen zu wehren versucht hatte. Seiner Gemütsverfassung war dieser Zustand jedoch nicht sonderlich zuträglich.

"Isch... isch klaup... ich glaub, ich hab noch ne Flasche", murmelte er schwer verständlich vor sich hin, während er zum Wohnzimmerschrank wankte. Mit einer weiteren braungelb gefüllten Flasche schleppte er sich zurück auf das Sofa. Er drehte die Flasche auf, blickte sie mit gläsernem Blick an und stammelte: „Jack, du bist der einzige, der mich versteht."

Minutenlang starrte er vor sich hin, als würde er durch alles hindurch schauen, ohne dabei einen Schluck aus der Whiskey-Flasche zu nehmen. Plötzlich blickte er zwar mit betrunken verzerrtem, aber dennoch entschlossenem Gesichtsausdruck auf, stellte die Flasche mit einem lauten Knall auf den Tisch und quälte sich aus der Couch. Seine Beine trugen ihn wie unter großer Anstrengung bis in sein Badezimmer und wieder zurück zu seinem Ausgangsort, wo er sich ruckartig in das Sofa fallen ließ, um zu verhindern, dass er nicht versehentlich auf den Boden stürzte.

In der Hand hatte er eine Schachtel mit Schlaftabletten, die er aus dem Arzneischrank geholt hatte. Er schien kaum in der Lage, einen klaren Blick auf etwas richten zu können, hatte es aber dennoch geschafft, diese Tabletten von anderen Medikamenten zu unterscheiden.

Er schien fest entschlossen, als er damit begann, mit angewidertem Gesichtsausdruck eine Tablette nach der anderen in seinem Mund zu zerkauen, um sie dann jeweils mit einem Schluck Whiskey herunter zu spülen. Manchmal wiederholte er diesen Prozess auch mit zwei oder drei Tabletten auf einmal.

Wäre eine weitere Person in seiner Wohnung anwesend gewesen, so hätte sich diese unzweifelhaft sicher sein müssen, dass es sich hierbei um den entschiedenen Versuch eines Selbstmordes handeln musste, obgleich Carl zuvor nicht einmal einen Gedanken daran verschwendet hatte, so etwas wie einen Abschiedsbrief zu verfassen.

Es dauerte nicht sehr lange, bis er seine Augen noch mehr verdrehte, als dies aufgrund des Alkoholkonsums schon zuvor der Fall gewesen war. Die Spirituosenflasche glitt ihm aus der Hand und schlug mit einem dumpfen Schlag auf dem Boden auf, ohne dabei zu zerspringen. Es waren nur mehr leichte Gluckergeräusche der auslaufenden Flüssigkeit zu hören, während Carl etwas verdreht auf dem Sofa zu schlafen schien.

Draußen schien bereits wieder die Sonne, als er einige Stunden später langsam zu sich kam. Er blinselte nur kurz, konnte die Augen jedoch nicht offen halten, da er sich vom Licht zu stark geblendet fühlte.

Als er es schaffte, seine Augen einen Moment länger offen zu halten, sah er einen ganz hell gekleideten dunkelhaarigen Mann, der sich über ihn beugte und ihn ansah.
"Ist das dieses Licht?", fragte Carl den Herrn.
"Wie bitte? Was meinen sie?", fragte der in weiß gekleidete.

"Na, das Licht, von dem immer alle reden. Das man sieht, wenn man endlich krepiert ist."

"Ach so", antwortete der dunkelhaarige Mann leicht schmunzelnd. „Nein, das ist das Neonlicht des Universitätsklinikums". Der Mann konnte sich ein leichtes höhnisches Lachen dabei nicht verkneifen.

"Oh, shit", murmelte Carl, während er dann wieder einschlief.

Noch am selben Tag wurde er dann immerhin wieder so wach, dass er in der Lage war, sich einigermaßen verständlich zu artikulieren, obgleich er das Gefühl hatte, dass seine Kopfschmerzen von einem anderen Stern kommen mussten und sein Hals so rau war, als wenn man diesen von innen mit Schleifpapier bearbeitet hätte.

Ein ihm unbekannter Mann, der mit einem braunen Anzug und gleichfarbiger Krawatte bekleidet war, stand vor seinem Krankenhausbett.
"Warum haben sie das schon wieder versucht?", wollte der Mann wissen.
"Wie, schon wieder? Wer sind sie eigentlich?", entgegnete Carl mit rauer und etwas zittriger Stimme, wobei sein Tonfall gleichermaßen genervt und verärgert klang.

"Sie haben schon wieder versucht, sich das Leben zu nehmen. Warum?"
"Ey, erstens geht sie das einen Scheißdreck an und zweitens habe ich das nicht schon wieder versucht, sondern zum ersten Mal", antwortete Carl ruppig.
"Nun, das ist so nicht ganz korrekt. Dennoch würde ich gerne den Grund ihres Handelns erfahren", wiederholte der Herr seine Frage mit anderen Worten.

"Hör mal, Du Clown", sagte der genervte Patient, während er versuchte, sich aufzurichten. „Bist du so ein Psycho-Kaspar, oder was? Ich werde meine Gründe haben und über die will ich ganz gewiss mit dir nicht reden. Und nun lass mich zufrieden, ich bin scheiße müde."

Der adrett wirkende und glatt rasierte Herr lächelte. „Psycho-Kaspar... interessante Bezeichnung. Nein ich bin kein Psycho-Kaspar, ich bin derjenige, der dich davor bewahrt hat, immer wieder den gleichen Fehler zu machen. Ich gehe davon aus, dass es dir recht, ist, wenn auch ich du sage, nachdem du mich so freundlich geduzt hast."

"Sag mal, hast du einen Totalschaden?" Carl wurde noch zorniger. „Ich kenne dich nicht, also kannst du mich kaum vor irgendwas bewahrt haben. Außerdem habe ich dich nicht darum gebeten und drittens sag ich dir jetzt zum letzten Mal, dass ich so was vorher noch nicht gemacht habe. Und komm bloß nicht auf die Idee, mich in irgendeine Klapse zu stecken, das kannst du vergessen. Und jetzt beweg deinen schicken Armani-Frack bitte aus dem Loch da in der Mauer."

"Du kennst mich nicht. Das ist soweit korrekt. Oder sagen wir, du hast mich bisher nie wahrgenommen." Der Herr sprach trotz der Pöbeleien mit ruhiger und höflicher Wortwahl.
„Es war auch nicht deine Vorsehung, mich zu diesem Zeit-punkt kennen zu lernen. Dennoch zog ich es vor, dich davor zu bewahren, den gleichen Fehler ein weiteres Mal zu begehen."

"Oh Mann, bist du taub und blöd?"
"Weder noch", fuhr der Mann fort, „ich bin hier, um dir ein wenig auf die Sprünge zu helfen. Ich bin Dir ein... nennen wir es Begleiter. Manche bezeichnen Leute wie mich auch als Boten Gottes oder Engel. Um deinen Gedanken vorzugreifen: nein, ich bin nicht dein Schutzengel. Es war deinem Schutzengel in dieser Nacht nicht aufgetragen, dich vor deinem eigenen Tun zu beschützen. Ich hingegen entschloss mich jedoch spontan, dich vor einem weiteren deprimierenden Leben zu bewahren."

"Ach du Scheiße", brummte Carl, während sein Kopf zurück in das Kissen sank und sein Blick starr gen Zimmerdecke ge-richtet war. „Wer ist denn hier nun der Bekloppte? Hör mal du Flattermann, wenn du mich vor einem beschissenen Leben be-wahren wolltest, dann hättest du mich einfach in Ruhe gelassen."

"Ja, es ist korrekt, dass ich mich nicht eingemischt hätte, wenn ich dich von DIESEM Leben hätte gehen lassen wollen. Dein künftiges Leben hingegen wäre dir nicht leichter gefallen. Es war nicht dein erster Selbstmordversuch. In deinen letzten beiden irdischen Leben ist dir der Versuch jedoch jeweils geglückt. Und genau dieses ist der Grund dafür, warum du auch dein jetziges Leben für beschissen hältst, um es mit deiner Wortwahl auszudrücken."

"Alter, verpiss dich doch endlich. Bist du ein durchgeknallter Pfaffe oder was?"

"Carola hat dich gedemütigt, Angela hat dir ihre Liebe nur vorgeheuchelt, Anja war für dich eine Niete im Bett und Rabea hast du nie aufgehört zu lieben, obgleich sie keine deiner E-Mails mehr erwiderte."

Der freundliche Mann fuhr mit seiner Aufzählung fort, während Carl seinen Kopf trotz starker Schmerzen aus dem Kissen erhob und ihn verdutzt anschaute: „Seit Jahren gewähren dir die Banken keinen Kredit mehr und sperrten nun sogar deine Konten. Das Finanzamt droht nach erfolglosen Vollstreckungsversuchen mit Insolvenzdurchführung und Selbständigkeitsverbot, so dass es dir nicht mehr möglich sein wird, das Geld für dein tägliches Brot zu erwirtschaften."

"Woher weißt du das alles?", unterbrach Carl aufgeregt. "Weil es mein Job ist, dieses zu wissen. In deinen früheren Leben waren die Probleme ähnlich gelagert und auch damals erachtetest du dein Leben für sinn- und aussichtslos. Und nun bin ich nur gekommen, um dir mitzuteilen, dass es der falsche Weg ist, eine Gerechtigkeit in deinem Leben zu suchen und ein noch falscherer Weg, dieses Leben wegzuwerfen, wenn du die Gerechtigkeit nicht sofort zu finden scheinst. Es ist dein Karma, das dich immer wieder vor diese Prüfung stellt. Und dieses eine Mal wollte ich dich davor bewahren, den gleichen Fehler wieder zu begehen. Hätte dein Handeln Erfolg gehabt, würdest du in einigen Jahren, ohne es ahnen zu können, vor ähnlichen Problemen stehen. Die Prüfungen sind immer die gleichen, bis du gelernt hast, was wirklich zählt."

"Du willst mir also weis machen, du bist ein Engel und ich komme immer wieder auf die Welt und will mich immer wieder umbringen? Oh Mann! Das war eine scheiß Idee mit den Tabletten!"

"Was immer Du in deinem Leben zu lernen hast, wird in weiteren Leben immer wiederkehren, bis du deine Lektion verstanden hast. Diese Chance mag ich dir nun ausnahmsweise geben."

Der Mann drehte sich um und ging langsam Richtung Zimmertür. Noch einmal schaute er zu Carl zurück und sagte: „eines gebe ich Dir noch mit. Merke es dir gut.
Es ist nicht die Gerechtigkeit, die du zu finden hast, sondern die Geduld und Ausdauer."

Und plötzlich war der Mann verschwunden. Die Zimmertüre blieb jedoch verschlossen.

Das Portrait

Manfred zog ein weißes Blatt aus der aufgerissenen Verpak-
kung, in der noch unzählige weitere Blätter der Größe DIN A3
enthalten waren, und legte es auf seinen Schreibtisch. Er spitzte
einen Bleistift und begann, eine Portrait-Zeichnung anzuferti-
gen, die er von einem Foto abmalte.

Dies tat er mehrmals täglich, denn er verdiente einen großen
Teil seines Lebensunterhalts damit, Auftragsportraits zu zeichnen. Es gehörte schon seit seiner Jugend zu seinen Hobbys,
Bleistiftzeichnungen, insbesondere Gesichts-Portraits, anzufer-
tigen. Vor längerer Zeit hatte er dieses Hobby jedoch zum Beruf gemacht.

So hatte er die Internetseite www.Portrait-vom-Foto.com ein-
gerichtet, wo er die Möglichkeit bot, ein handgezeichnetes
Portrait von einer per Post oder E-Mail eingesandten Fotovorlage erstellen zu lassen. Der Erfolg, den er mit dieser Internetseite hatte, übertraf seine eigenen Vorstellungen. Diese Idee
wurde insbesondere von solchen Menschen sehr begeistert angenommen, die recht kurzfristig eine sehr persönliche und dennoch kostengünstige Geschenkidee suchten. Somit erhielt Manfred gerade in der Vorweihnachtszeit oft so viele Aufträge, dass
er manchmal kaum wusste, wie er all die Aufträge rechtzeitig
bewerkstelligen sollte.

Oft hatte er, wenn er ein Foto abzeichnete, das Gefühl, die zu
zeichnende Person würde mit ihm kommunizieren. Es lag in
der Natur der Sache, dass er die Fotos sehr genau beobachten
musste, um Details abzeichnen zu können. So glaubte er oft, in
den Augen der zu malenden Personen lesen zu können.

Manche Menschen zeichnete er sehr gerne ab, weil ihm die
Bilder beim Betrachten sofort sympathisch waren. Andere Leu-

te hielt er beim Abzeichnen eher für unsympathisch. Manchmal bildete er sich aber sogar auch ein, die entsprechende Person würde mit ihm reden oder ihm irgendetwas sagen wollen.

An diesem Tag zeichnete Manfred das Portrait eines kleinen, etwa drei bis vier Jahre alten blonden Jungen. Es kam sehr häufig vor, dass die Mütter oder Väter kleiner Kinder eine Zeichnung ihres Sprösslings bei Portrait-vom-Foto.com in Auftrag gaben, um das fertige Portrait dann den Großeltern zu schenken oder es sich selbst an die Wand zu hängen. In diesem Fall bestellte die Mutter des Kindes das Bild. Jedenfalls übermittelte sie die Fotovorlage per E-Mail, mit den Worten: „anbei das zu zeichnende Foto meines Sohnes."

So begann Manfred also mit der Zeichnung, wobei er stets mit den Augen anfing. Auch diesmal hatte er das Gefühl, der kleine Junge würde mit ihm kommunizieren. Ihm war, als lache das Bild ihn an und als wolle der Junge sagen: „schön, dass du mich zeichnest."

Der 37jährige Zeichner schmunzelte selbst darüber, dass er den Eindruck hatte, als würde das Kind mit ihm sprechen. Aber es erleichterte ihm ein wenig die Arbeit. Jedenfalls bildete er sich dieses ein.

Mehr als zwei Stunden war Manfred damit beschäftigt, das Portrait möglichst naturgetreu zu erstellen. Meist musste er sonst nur Gesichter zeichnen. Gelegentlich wurde aber auch eine Ganzkörperzeichnung in Auftrag gegeben. So auch in diesem Fall. Der Junge saß auf dem Foto auf der Erde und dies versuchte er nun auch auf der Zeichnung entsprechend darzustellen, was deutlich mehr Mühe machte, als eine reine Gesichtszeichnung.

Während er den Kopf des Jungen bereits fertiggestellt hatte und damit begann, den Körper mit dem Bleistift darzustellen, hatte er immer mehr das Gefühl, dass der Kleine mit ihm sprechen würde. In seinen Gedanken hörte er immer wieder Sätze, wie: „ja, zeichne mich so, wie ich wirklich bin."

Allmählich wurden Manfred diese Phantasien unheimlich. Er hatte das Gefühl, zu halluzinieren. Hinzu kam außerdem, dass er immer wieder einen kleinen Plüschteddy vor seinem geistigen Auge sah, obgleich auf dem Foto kein Teddy vorhanden war.

"Was soll denn das?", fragte er sich, während er darüber nachdachte, ob sein Hungergefühl wohl die Ursache für seine Hirngespinste sei. Als er dann abermals eine innere Kinderstimme hörte, die zu sagen schien: „zeig Mama, wie gut es mir geht", brach er seinen Auftrag zunächst ab, um eine Mittagspause einzulegen und etwas zu essen.

Als er die Zeichnung dann am Nachmittag fertig stellte, hatte er immer wieder ein Bild von einem kleinen Teddy vor seinem geistigen Auge. Und so beschloss er, um das Portrait ein wenig aufzulockern, tatsächlich einen kleinen Plüschteddy neben den Jungen auf die Erde zu malen. „Ich kann ihn ja wieder wegradieren, falls es der Mutter nicht gefällt", dachte er sich.

Nachdem das Bild fertiggestellt war, betrachtete er es nochmals und hielt nach möglichen Zeichenfehlern Ausschau. Ihm war, als hätte der kleine Junge auf dem Bild „es gefällt mir gut" gesagt und so beschloss er, keine weiteren Veränderungen vorzunehmen.

Nun legte Manfred die Zeichnung auf einen Scanner und scannte sie ein, um eine Bilddatei davon auf dem Computer zu speichern. Dies machte er mit jedem Portrait so, denn gemäß den Statuten bei www.Portrait-vom-Foto.com bot er seinen Kundinnen und Kunden an, ihnen zunächst ein Vorschaubild des Portraits per E-Mail zuzusenden. Erst, wenn der Auftraggeber seine Einverständnis zu dem Bild gegeben hatte, verschickte er das fertige Produkt dann per Post. So konnte er sicher gehen, dass die Kunden auch stets mit seiner Arbeit zufrieden waren.

So versandt er also auch dieses Bild zunächst per E-Mail an seine Kundin. Dabei verwendete er, wie meist, einen vorgefertigten Standarttext, den er in diesem Fall jedoch mit dem Hinweis ergänzte, dass der hinzugefügte Plüschbär bei Bedarf auch wieder wegradiert werden könne. In der Regel war es üblich, dass Manfred auf diese Vorschau-Mails innerhalb von meist einem Tag eine Antwort erhielt. Bis dahin blieb das Portrait liegen, damit er noch eventuelle Korrekturen durchführen könne, falls die Kundin Verbesserungsvorschläge haben würde.

Einige Minuten später begann Manfred mit der Zeichnung seines nächsten Auftrages. Als er gerade den Bleistift ansetzte, klingelte sein Geschäftstelefon. Höflich meldete er sich mit den Worten: „Portrait-vom-Foto.com, was dürfen wir für Sie tun?"
Sehr überrascht lauschte er dem unüberhörbaren Weinen einer Frauenstimme.
"Hallo? Wer ist denn da?", fragte er nach einiger Zeit etwas zurückhaltend.
"Ja, guten Tag. Mein Name ist Wunnendorf. Entschuldigen sie bitte...", schluchzte die Dame am anderen Apparat, während sie hörbar bemüht war, mit dem Weinen aufzuhören.

Da es noch nicht lange her war, dass Manfred die E-Mail mit dem Kinder-Portrait verschickt hatte, konnte er sich daran erinnern, dass die Mutter des Kindes Wunnendorf hieß.
"Oh, ich hoffe, sie weinen nicht wegen des Portraits", sagte er. „Es ist doch hoffentlich nicht so misslungen, dass sie deshalb weinen müssen?"
Er klang bei dieser Frage sehr freundlich, dachte sich aber, dass diese Frau nicht ganz bei Trost sein könne, dass sie ihn heulend anrief.

"Misslungen? Nein, ganz im Gegenteil", entgegnete die Dame

und fing aufs Neue laut zu weinen an. Manfred wusste nicht, wie er mit dieser Situation umgehen sollte.

"Nun beruhigen sie sich doch erst mal", versuchte er einzulenken. „Weinen sie vor Freude? Sie müssen verzeihen, aber ich weiß gerade nicht so recht, was ich sagen soll beziehungsweise, wie ich sie beruhigen kann."

"Ich würde sie gerne etwas fragen", sagte die Frau, nachdem sie sich soweit gefasst hatte, dass ihre Worte wenigstens verständlich waren.

"Ja, gerne."

"Es geht um den Teddy", fuhr sie fort.

"Oh, das war nur so eine Idee von mir, um das Portrait im unteren Bereich etwas aufzulockern", fiel Manfred ihr ins Wort. „Entschuldigung. Wie gesagt, ich kann den wieder wegradieren."

"Nein, nein, bloß nicht", sagte die Dame, während sie wieder mehr zu weinen begann. „Aber wie kamen sie dazu, diesen Teddy zu zeichnen und warum sieht er gerade so aus?"

"Äähh", stammelte Manfred, der nicht wusste, was er antworten sollte. Er konnte ihr ja schlecht sagen, dass er die ganze Zeit während des Zeichnens Halluzinationen hatte, bei denen er dieses Plüschtier vor seinem geistigen Auge sah.

„Naja, ich dachte mit einfach, die Stelle da neben ihrem Sohn sah so leer aus und ein Plüschtier passt in dem Alter immer. Aber wie gesagt, ich radiere das auch gerne wieder weg."

"Wissen sie", sagte die verweinte Dame, „ich wollte dieses Portrait gerne haben, da mein Sohn vor einigen Monaten verstorben ist."

Manfred schluckte. Er erhielt öfters Aufträge, Verstorbene zu zeichnen. Jedoch wurde er bislang nie so direkt damit am Telefon konfrontiert.

„Das tut mir sehr leid", stammelte er freundlich.

"Danke", fuhr die Kundin fort, „aber was sie nicht wissen konnten ist, dass mein Sohn genau diesen Teddy, den sie da gezeichnet haben, besaß. Es war sein Lieblingsplüschtier."

Die Dame weinte wieder lauter und Manfred lief ein eiskalter Schauer den Rücken hinunter. Er wusste nicht, was er nun hätte sagen wollen.

Dann fügte die weinende Frau hinzu: „seit dem Verlust meines Sohnes, hat mich nie jemand so glücklich gemacht, wie sie. Sie haben nicht nur dieses wunderschöne Bild von ihm gemalt, sondern sie haben mir auch ein Zeichen geschickt. Allerdings hätte ich mir dieses Zeichen direkt von meinem Sohn gewünscht, aber egal."

Manfred, der inzwischen selbst zu weinen beginnen musste, sagte nur noch leise: „dieses Zeichen kam direkt von ihrem Sohn. Ich habe es nur für ihn gezeichnet."

Zufall

Sandra lachte. Sie lachte so herzhaft, dass ihr die Tränen in den Augen standen. Die Kundin, die in ihren kleinen Laden kam, wurde von dem herzhaften Lachen angesteckt. Lachend sagte sie: „na, wenigstens mal jemand, der Spaß bei der Arbeit hat."

"Entschuldigen die bitte", sagte Sandra, während sie sich die Tränen aus den Augen wischte. „Was darf ich für sie tun?"
"Sie müssen sich doch nicht dafür entschuldigen, wenn sie lachen", sagte die Kundin. „Aber der Herr dort drüben war vor mir dran."

Ein Mann in einem hellbraunen Anzug dreht sich zu den beiden Damen um und sagte freundlich: „nein, nein. Machen Sie nur, ich schaue mich nur um."

Während Sandra die Kundin bediente, verließ der Mann mit einem freundlichen „auf Wiedersehen" den Laden, ohne etwas gekauft zu haben.
"Was ist denn das für ein komischer Kauz", fragte die Kundin. „Er hat ja keine Mine verzogen, obwohl sie so herzhaft lachten."
"Keine Ahnung", murmelte Sandra und brachte das Gespräch wieder auf das ursprüngliche Thema.

Kurz nachdem die Kundin den Laden zufrieden verlassen hatte, kam der Mann in dem braunen Anzug wieder zurück in den Laden. „Alle Achtung", sagte er zu Sandra. „ich bin fasziniert, wie schnell sie von Tränen der Verzweiflung auf ein herzhaftes Lachen umschalten und der Kundin vorgaukeln konnten, dass sie Freudentränen in den Augen hätten."

"Ach, wissen sie, Herr Lahmeyer, sie sind zwar der erste Insolvenzverwalter in meinem Laden, aber ich habe ja bereits entsprechende Erfahrungen mit Gerichtsvollziehern und vergleichbaren Kollegen."

"Aber dennoch: Hut ab! Sie sind eine tapfere Frau. Und eine exzellente Schauspielerin obendrein", lobte der Insolvenzverwalter.

"Ich habe eine Mutter, die mich nicht mehr erkennt, aber mich gerne fragt, ob die blonde Aushilfe mal wieder da war, womit sie dann mich meint. Ich habe einen Bruder, der mir Tag für Tag Hilfe verspricht, die dann jedoch nie erfolgt. Ich hatte in meinem Leben Freunde, die mein Herz berührten – um es zu stehlen und zu zerbrechen. Aber ich habe nie verlernt, zu lachen. Und wenn Lachen nicht mehr möglich war und ich Tränen weinte, dann spielte ich den anderen stets vor, es seien Freudentränen. Und wissen sie warum? Weil sie dann glauben, ich sei glücklich. Und das macht sie dann glücklich."

Der Insolvenzverwalter staunte. „Sie sind ein guter Mensch, sie sind ein echter Engel. Es ist in meinem Job sehr traurig, anzusehen, dass die Guten so oft die Verlierer sind und die Skrupellosen die Gewinner. Der Teufel scheißt halt leider immer wieder auf den größten Haufen, wie man so schön sagt. Aber ich bin beeindruckt, wie sie ihre Probleme so tapfer ertragen."

"Auch dafür gibt es ein Geheimrezept", erklärte Sandra. „Es gibt viele Wege, die zum Erfolg führen. Aber ich kann immer nur einen Weg gehen. Und ich gehe stets MEINEN Weg."

"Das ist ein schöner Satz, den muss ich mir merken", sagte der Mann, der inzwischen fast ehrfürchtig klang.

"Nein, sie müssen sich keine Sätze merken. Sie merken sich doch schon ihre ganzen Gesetze und Verordnungen. Sprüche gibt es noch mehr, als Verordnungen. Kluge Sprüche, wirklich tolle Weisheiten. Es mangelt uns Menschen nicht an klugen Weisheiten, sondern es mangelt uns an Menschen, die sie auch umsetzen."

"Sie sind wirklich eine kluge Frau. Verstehen sie mich bitte nicht falsch, aber ich bewundere wirklich, wie sie mit ihrer Situation umgehen. Sie scheinen eine harte Vergangenheit hinter sich zu haben und, wenn wir mal ganz ehrlich sind, ihre berufliche Zukunft sieht ja leider auch nicht gerade rosig aus."

"Sehen sie, und wenn sie nun genauer über ihren Satz nachdenken, dann wissen sie, warum es mir trotz allem so gut geht", entgegnete Sandra lächelnd.

"Ähm, ich verstehe jetzt nicht ganz", stammelte der adrett gekleidete Herr verblüfft.
"Sie sprachen von einer harten Vergangenheit und einer schlimmen Zukunft. Und? Ich lebe derzeit weder in der Vergangenheit, noch in der Zukunft. Und im Moment geht es mir doch nicht schlecht. Ich spüre gerade nicht, dass ich bald kaum noch Geld für Miete und Essen haben werde. Es tut mir gerade nicht weh, dass ich schon viele Jahre um meine Existenz kämpfe. Jetzt lebe ich ausschließlich JETZT. Und jetzt geht es mir gut."

Der Mann wusste nicht, ob er Sandra weiterhin für ihr positives Denken bewundern oder sie eher für verrückt erklären sollte. Er hatte den Eindruck, dass sie eine von diesen abgedrehten Esoterik-Fanatikerinnen war, die für alles eine logische Erklärung hatten und sich für ein übernatürliches Lichtwesen in abgehobenen Sphären hielten. Er beschloss, herauszufinden, ob sie wirklich eine sehr kluge und tolle Frau war oder doch nur eine durchgeknallte Eso-Tussi.

"Sie glauben vermutlich nicht an Zufälle, stimmt´s?", fragte er.
"Doch, natürlich gibt es Zufälle", entgegnete Sandra, was den Mann sehr überraschte, da es sich nicht mit der sonst üblichen spirituellen Denkweise solcher Frauen deckte.
"Ja aber, aber man sagt doch, dass alles vorbestimmt und gewollt sei", sagte er.

"WER sagt das?", wollte Sandra wissen.

"Na, all die, die an dieses positive Denken glauben, die sich freie Parkplätze wünschen und beim Universum einen Lottogewinn bestellen, weil das in diesen Büchern so steht", erklärte der Mann, der nun immer verwirrter erschien.

Sandra lachte. „Erstens bin ich nicht ‚all die' und zweitens glaube ich nicht an alberne Bücher, die in erster Linie dazu dienen, die Autoren und Verlage reich zu machen. Natürlich hilft positives Denken, das sehe ich auch so. Aber im Leben kommt es nicht darauf an, immer einen freien Parkplatz zu finden. Der Sinn des Lebens ist es auch nicht, an Autoren zu glauben, die behaupten, einen Lottogewinn garantieren zu können."

"Was ist denn ihrer Meinung nach der Sinn des Lebens?", unterbrach der Insolvenzverwalter. „Ich suche nämlich auch schon länger danach."

"Ha, suchen sie nicht nach dem Sinn des Lebens, sondern geben sie ihm einen!"

Der Mann war nahezu sprachlos. Noch nie in seiner beruflichen Laufbahn hatte er ein solches Gespräch geführt. Nach einer Weile sagte er: „ich werde nicht ganz schlau aus ihnen, wenn ich ehrlich sein darf. Sie reden vom Sinn des Lebens, sie leben im Hier und Jetzt und sind daher glücklich, sie haben zahlreiche kluge Weisheiten parat, aber sie scheinen nicht an Gott zu glauben, denn sie sind der Meinung, dass es Zufall gibt und nicht alles vorbestimmt ist...."

Sandra lachte abermals. „Sie machen ihren Job sicher perfekt. Sicher sind sie auch ein toller Familienpapa. Aber vom Leben müssen sie noch eine Menge lernen. Ich sage ihnen mal was: ich glaube nicht nur an Gott, sondern ich bin ein Teil von ihm. Und natürlich gibt es Zufälle, denn wie der Ausdruck schon sagt, ist der Zufall das, was ihnen zu-fällt, wenn es ihnen zusteht... und so wird der Zufall zum Zustand."

Der Mann blickte mittlerweile völlig verwirrt und seine Verwunderung brachte Sandra erneut zum Lachen. Sie drehte sich um und der verdutzte Herr traute seinen Augen nicht, als er glaubte, Flügel an ihrem Rücken zu sehen. Sandra ging Richtung Ladentüre, öffnete diese und sagte im Hinausgehen: „wissen sie, der Zufall ist das, was Gott wählt, wenn er inkognito bleiben möchte."

Anschließend ging sie ein paar Schritte hinaus, breitete ihre Flügel aus und flog davon.

Der Insolvenzverwalter griff sich abwechselnd an das Herz und an die Stirn. Sein Kreislauf schien schlapp zu machen und er lehnte sich mit dem Po an die Verkaufstheke. Er glaubte, durchzudrehen und wollte gerade nach seinem Handy greifen, um einen Notarzt anzurufen, während eine Frau durch die Hintertür den Laden betrat, die exakt genau so aussah, wie die Sandra, die vor wenigen Sekunden als Engel davon flog.

"Entschuldigen sie bitte, aber ich musste unbedingt kurz nach meiner Mutter sehen, die sehr krank ist", sagte die Frau, von der der Insolvenzverwalter nicht wusste, ob es die echte Ladenbesitzerin, eine Doppelgängerin oder Zwillingsschwester war. Mit letzter Kraft versuchte sich der Mann vor einem völligen Nervenzusammenbruch zu retten, denn er war sich nun nicht sicher, ob er nur träumte, halluzinierte oder geistig krank war.

"Geht es ihnen nicht gut?", fragte Sandra. „Sie schauen mich an, als ob sie einen Geist gesehen hätten."

"Äh, nein, nein, es geht schon", sagte der Mann. Er nahm seinen Koffer, ging Richtung Ausgang und sagte im Hinausgehen: „lassen sie gut sein, ich werde alles in die Wege leiten, um Ihre Insolvenz abzuwenden."

Himmel und Hölle

"**E**s sei besser, dass eines unserer Körperteile auf Erden verloren geht, als dass unser ganzer Körper in der Hölle verbrennt, sagte Jesus sinngemäß in der Bergpredigt", zitierte Pfarrer Vollmer eine Stelle der Bibel mit eigenen Worten.

Die meisten Jugendlichen, die seinem Konfirmandenunterricht beiwohnten, schienen seine Worte jedoch wenig zu interessieren. Lediglich der 14-jährige Ian meldete sich zu Wort: „das mit der Hölle kann aber so nicht stimmen."

"Wie meinst du das?", sollte der vollbärtige Pfarrer wissen. "Hey, einmal heißt es, dass Gott alles verzeiht, dann wieder, dass wir in der Hölle schmoren. Was denn nun?"
"Das ist eine gute Frage, Ian. Entscheiden tut darüber das jüngste Gericht. Nach unserem Ableben werden uns die Sünden, die wir auf Erden begangen haben, vorgeworfen. Es liegt an uns, wie viel wir im Leben aus unseren Fehlern und Sünden lernen. Wenn wir dazu bereit sind, wird Gott uns verzeihen."

"Und wenn nicht", fiel Ian dem Kirchenmann in das Wort, „dann jagt er uns zum Teufel. Nee, ey. Das kann nicht der gleiche Gott sein, von dem wir da reden."

Der protestantische Pfarrer freute sich darüber, dass wenigstens einer seiner Schützlinge aktiv an seinem Konfirmandenunterricht teilnahm und sich über Glaubensfragen Gedanken zu machen schien. So unterhielt er sich nach der Unterrichtsstunde noch eine ganze Weile mit Ian über dieses Thema.

Dieser war mit den christlichen Einstellungen jedoch nicht ganz einverstanden, obgleich er christlich erzogen worden war und auch an Gott, Engel sowie die Gegenseite in Form des Teufels und seiner Helfer glaubte. Er wollte mehr wissen.

In den folgenden Jahren des Heranwachsens las Ian viele Bücher über verschiedene Glaubensrichtungen und machte sich sehr viele Gedanken darüber, was wohl nach dem Tod kommen möge und wie die Sünden gesühnt würden. Er sprach mit vielen Theologen, aber auch Wissenschaftlern und anderen Gelehrten. Er interessierte sich für Buddhismus, Hinduismus, Judentum und Islam ebenso, wie für andere Religionsformen und kam zu der Ansicht, dass in allen Religionen viel Wahrheit stecken musste. Aber eine wirkliche Antwort auf all seine Fragen erhielt er nirgends. Er wollte nicht warten, bis zu seinem Tod, sondern hoffte darauf, schon zu Lebzeiten erfahren zu können, wer wirklich in die Hölle und in den Himmel kommt und wie entschieden wird, für welche Sünden man bestraft wird oder nicht.

Als er eines Tages, inzwischen ein junger Mann geworden, wieder meditierte, erschien ihm vor seinem geistigen Auge ein gleißend heller Lichtstrahl, aus dem ein Engel in männlicher Gestalt hervortrat.

"Grüble nicht", sagte der Engel mit tiefer, aber warmer und angenehmer Stimme, „die Antworten auf deine Fragen liegen in dir."

"Sag mir doch bitte, ob Gott uns tatsächlich in die Hölle schicken kann. Dann wäre es eine andere Art Gottes, als die, die ich mir vorstelle. Oder ist es doch so, dass wir nach unserem Leben als Menschen auf die Erde zurück kommen und unser Karma aus früheren Leben mit uns tragen?", wollte Ian in seinen Gedanken von dem Engel wissen.

"All deine Antworten sind richtig", sagte der Engel. Verwundert entgegnete Ian: „wie kann das sein? Das würde bedeuten, dass wir wiedergeboren werden, aber dennoch in die Hölle kommen können."
"So ist es", sagte der Engel.

Ian dachte einen Moment darüber nach und sagte dann überlegend: „wenn wir nach unserem Leben wiedergeboren werden und die Fehler und Sünden aus unserem früheren Leben mit uns tragen, dann also vermutlich so lange, bis wir genug gelernt haben, um in den Himmel zu kommen. Dann erst kommen wir nicht zur Erde zurück. Richtig?"

Der Engel antwortete nicht und so fuhr Ian fort: „im Umkehrschluss würde das aber bedeuten, dass wir niemals in die Hölle kommen können. Denn immer, wenn wir Mist bauen, kommen wir nach dem Tod als neuer Mensch zurück, haben die gleichen oder noch schlimmere Probleme zu bewältigen, bis wir irgendwann daraus gelernt haben und dann irgendwann nicht mehr zurück kommen müssen. Demnach gibt es also zwar den Teufel, der uns dazu verleiten will, Böses zu tun, aber eine Hölle gibt es nicht. Richtig?"

Eine Antwort, die diese Fragen klar beantwortet hätte gab der Engel nicht. Er wiederholte lediglich: „die Antworten auf deine Fragen liegen in dir." Dann verschwand er und auch den hellen Lichtstrahl konnte Ian nicht mehr vor seinem geistigen Auge wahrnehmen.

Der junge Mann dachte fortan unaufhörlich über seine Begegnung mit dem Engel und seine neu gewonnene Theorie nach. Sie erschien ihm sehr plausibel, doch dachte er andererseits, dass es eine Hölle geben müsse, wenn es einen Teufel gibt.

"Es muss den Teufel und somit auch die Hölle geben", sagte er sich, „denn wenn nicht der Teufel das ganze Unheil auf der Erde anrichtet, dann müsste es Gott sein, der dies einfach zulässt. Das traue ich ihm nicht zu."

Er war sich ganz sicher. Nein, Gott würde nicht zulassen, dass es so viel Ungerechtigkeit und Leid auf der Welt gibt, wenn er nicht einen teuflischen Gegenspieler hätte, der ebenfalls sehr mächtig ist. Also musste es auch eine Hölle geben. Es musste der Teufel sein, der die Schuld daran trüge, dass Millionen Kinder durch Hunger sterben müssen, dass Millionen Menschen in Kriegen und durch Terror sterben, dass so viele Menschen sich hassen und Böses antun.

"Also gibt es sicher auch eine Hölle, in die wir kommen. Das würde dann aber wieder nicht zu dem Sinn Gottes passen", dachte er sich. Seine Gedanken drehten sich einmal mehr im Kreis. „Es könnte also eine Hölle sein, in der wir zwar für unsere Sünden bestraft werden, in der wir aber auch aus unseren Fehlern lernen können, um dann doch noch in den Himmel aufzusteigen."

Seine Gedanken wurden konkreter: „wir werden wiedergeboren, um aus unseren Fehlern zu lernen. Wir sind also wieder auf der Erde und bauen jede Menge Mist und kriegen unzählige harte Prüfungen in Form von Schicksalsschlägen, Leid, Krankheit, Armut und so weiter. Wenn wir nicht genug lernen, kommen wir in die Hölle. Ach nein, wir werden ja wiedergeboren. Mh, was denn nun?"

Und plötzlich war es Ian klar. Es gab für ihn nur eine stimmige Lösung: „die Hölle ist hier."

Die Welt verändern

Sein Herz schien zu erstarren, als das eiskalte Wasser auf seine Füße prasselte. Es dauerte immer erst eine Weile, bis die Dusche ein wohlig temperiertes Nass hergab. Matthias, der sich gerade zuvor rasiert hatte, musste sich nun beim Duschen beeilen, damit er nicht zu spät beim Treffen mit seinen früheren Kollegen erscheinen würde. Eigentlich passte es ihm gar nicht, dass dieses Treffen heute stattfand, da er noch so viele Dinge zu erledigen hatte. Aber da die stets lustige Männerrunde in den letzten Wochen schon mehrfach verschoben worden war, wollte er auch keinesfalls absagen, da er sich ja auch auf das Wiedersehen mit seinen Kumpels freute.

Nachdem er sich in Schale geworfen hatte und gerade noch den rechten Schuh zuband, läutete sein Telefon. Da er schon spät dran war, dachte er kurz darüber nach, den Anruf nicht anzunehmen, meldete sich dann aber doch, da seine Neugier zu groß war.

"Matze, du alte Sumpfkröte", meldete sich sein Freund Elias. „Ich muss leider für heute Abend absagen."

"Nee, oder?", fragte Matthias genervt, bevor Elias ihm mit gesenkter Stimmer erklärte, dass er mal wieder so arge Geldsorgen hatte, dass er sich nicht leisten konnte, den Abend im Lokal zu verbringen.

Nachdem das Gespräch beendet war, machte Matthias sich zwar bewusst, dass er nun Zeit hatte, all die anderen Dinge zu erledigen, die ansonsten liegengeblieben wären, aber dennoch ärgerte er sich darüber, dass Elias so kurzfristig abgesagt hatte. Etwas genervt fuhr er dann seinen Rechner wieder hoch und öffnete das E-Mail-Programm.

Er klickte eine Mail an, die eine Bekannte ihm und vielen weiteren Adressaten geschickt hatte. Er öffnete den Dateianhang, in dem eine Geschichte zu lesen war, die er jedoch nur überflog, da er von diesen schnulzigen Storys über die guten Seiten des Lebens und den oft darin enthaltenen philosophischen Sprüchen nicht viel hielt. Zumindest war er selten bereit, sich die Zeit zu nehmen, solche Geschichten vollständig zu lesen. Um zu erkennen, ob es sich hierbei nun wieder um eine solche Mail handelte, rollte er den Text bis unten herab, um den letzten Absatz zuerst zu lesen. Dort stand in geschwungenen Buchstaben:

"Und der Engel sagte: gräme dich nicht, alles ist für etwas gut. Auch die noch so schlimmen Dinge haben immer das Gute, dass sie dein Leben dahingehend verändern, dass du Gutes erleben wirst, was du sonst nie erleben würdest. Alles im Leben hat einen Bezug zu dem, was schon war und was noch kommt."

"Jo, jo, alles im Leben hat einen Bezug zu dem, was schon war und was noch kommt", murmelte Matthias gelangweilt vor sich hin, während er die Datei wieder wegklickte. Als er dann zu seinen Zigaretten griff, stellte er fest, dass nur noch zwei Glimmstängel in der Schachtel waren. „Ach Scheiße, jetzt muss ich ja trotzdem noch mal los", dachte er. Eigentlich hatte er geplant, auf der Fahrt zur Kneipe Zigaretten zu kaufen, aber diese fiel ja nun flach.

So fuhr er etwas später zur Tankstelle, wobei er noch immer genervt darüber war, dass der Abend anders verlief, als ursprünglich geplant. Als er den Kassenraum der Tankstelle wieder verließ, stieß er fast mit Johanna zusammen, die gerade getankt hatte und nun zum Bezahlen den Verkaufsraum betreten wollte.

"Hey, was machst du denn hier?", fragte er die dunkelhaarige Dame, die ihn überrascht, aber freudig ansah.
"Hey Matze, na das ist ja eine Überraschung."

Die beiden hatten sich schon einige Jahre nicht gesehen. Gelegentlich hatten sie Kontakt per E-Mail, aber dabei tauschten sie eigentlich nur sporadische Floskeln aus. Da beide erfreut waren, sich wiederzutreffen und auch Johannas ursprünglichen Pläne für diesen Abend geplatzt waren, beschlossen sie spontan, den Abend gemeinsam in einem Bistro zu verbringen.

"Das ist ja ein schöner Zufall, dass wir uns mal wieder treffen", sagte Matthias, der inzwischen fröhlich und ausgeglichen wirkte.

"Ich glaube nicht an Zufälle", betonte Johanna freudig, „wenn man sich begegnet, dann soll das auch so sein."

"In diesem Fall ist es aber wirklich nur Zufall", versuchte der kräftige Mann zu erklären, „denn normalerweise hätte ich heute etwas anderes vorgehabt. Aber mein Kumpel hat abgesagt."

"Siehst du, dann sollte das wohl so sein", sagte die attraktive junge Dame lächelnd, „denn alles ist für etwas gut. Und wenn Dir jemand absagt, dann sollte das wohl so sein, damit wir uns treffen können. Alles was passiert, hat Auswirkung auf das, was danach passieren wird."

Matthias zog etwas überheblich grinsend die Augenbrauen hoch und sagte: „ach, hast du diese Mail auch bekommen?"

Johanna wusste allerdings nicht, welche Mail er meinte und versuchte dann nochmals zu erklären, was sie mit ihrer Ausführung meinte, denn Matthias schien es nicht zu verstehen.

Nach einer Weile fand er die Theorie aber doch irgendwie interessant, dass alles im Leben Auswirkung auf das haben könnte, was in der Zukunft geschieht. Seine Begleiterin erklärte ihm, dass selbst die Dinge, die man oft gar nicht bewusst wahr nimmt, da sie eine winzige Kleinigkeit zu sein scheinen, eine unglaublich große Auswirkung haben können. Sie war sich sicher, dass etwas vermeintlich unwichtiges das komplette Leben nachhaltig verändern könne. Dies schien Matthias dann allerdings doch etwas übertrieben.

Johanna versuchte ihre Theorie an einem fiktiven Beispiel zu belegen: „dein Kumpel hat dir heute abgesagt. Darüber hast du dich geärgert, du hast es also als negativ empfunden. Dadurch hast du aber mich getroffen, denn ohne die Absage deines Freundes hätten wir uns jetzt nicht gesehen. Nehmen wir mal rein theoretisch an, wir vereinbaren nun, uns wieder regelmäßiger zu sehen. Und stellen wir uns vor, wir würden uns dann ineinander verlieben, würden ein Paar, bekommen Kinder und so weiter. Dann hast du das alles irgendwie auch deinem Freund zu verdanken, weil er dir abgesagt hat. Denn sonst wäre es vielleicht nie dazu gekommen. Und so ist diese ach so schlimme Nachricht deines Freundes im Nachhinein vielleicht doch gar nicht so schlimm, oder? Und diese möglicherweise winzige Kleinigkeit, die deinen Freund dazu veranlasste, dir heute Abend abzusagen, würde dein Leben dann wohl mehr als nachhaltig verändern, oder?", lachte sie.

Matthias lächelte, brummte aber zunächst nicht mehr als ein nachdenkliches „mmmhhh" durch die geschlossenen Lippen. Er sah ein, dass er seiner Bekannten Recht geben musste. Er dachte darüber nach, wenn er später wieder zu Hause sein würde, doch noch die Mail zu lesen, deren Ende ihm zuvor ausreichte. Und er dachte zudem darüber nach, ob Johanna ihm mit ihrer Ausführung auch einen versteckten Hinweis darauf geben wollte, dass sie daran interessiert wäre, eine Familie mit ihm zu gründen. Mit dem Gedanken, dass Frauen sich bei solchen Sätzen wohl nicht viel denken, tat er den vorherigen Gedanken aber wieder ab.

"Naja, sicher hast du recht", sagte er dann. „Ich werde künftig mal bewusster darauf achten, was solche vermeintlichen Kleinigkeiten in meinem Leben bewirken."

Und nachdem die beiden ihr Beisammensein an diesem Abend beendet hatten, beschäftigte ihn dieses Thema tatsächlich weiterhin. Die beiden hatten abgemacht, sich künftig regelmäßiger zu kontaktieren und treffen und Matthias dachte ernsthaft darüber nach, ob Johannas Beispiel mit der werdenden Familie vielleicht mal Realität werden könnte.

Überhaupt dachte er fortan viel an sie. Es schien, als hätte dieses Treffen zu einer Art Vorstufe des Verliebtseins geführt. Zwar war es noch nicht so, dass er die berühmten Schmetterlinge im Bauch verspürte, wenn er an sie dachte, aber seine Gedanken drehten sich plötzlich auffällig oft um sie. Er dachte darüber nach, was er vor einigen Jahren, als er bereits regelmäßigen Kontakt mit Johanna hatte, so alles mit ihr erlebte. Und je mehr er an diese Vergangenheit dachte, um so mehr wurde ihm bewusst, das vieles, was damals eher negativ erschien, äußerst starke und oft positive Auswirkungen auf sein weiteres Leben hatte.

Auch versuchte er sich dann ganz bewusst an Kleinigkeiten zu erinnern, die er mit anderen Freunden, Bekannten und Verwandten erlebt hatte, die dann später dazu führten, dass sich sein Leben veränderte. Er stellte verblüfft fest, dass tatsächlich oft gerade die Dinge eine große Auswirkung auf sein Leben hatten, die er ursprünglich als unwichtig eingeschätzt hatte.

Er berichtete Johanna von seinen diesbezüglichen Gedanken, um weiter mit ihr über dieses Thema zu philosophieren.

„Siehst du", sagte sie, „vielleicht wird dir dadurch jetzt etwas klarer, wie wichtig ein guter Umgang mit anderen Menschen ist. Denn was auch immer du tust oder sagst, es wird sich auf die ganze Welt auswirken. Jeder Satz, den du sagst, jeder Bissen, den du isst und sogar jeder Gedanke, den du denkst, kann die Welt verändern. Und meist ahnst du das selbst in dem Moment nicht."

Matthias, der solche Sätze bislang bloß für hohle Phrasen gehalten hatte, war beeindruckt, denn er spürte, dass er ihr Recht geben musste. Er schien nun sogar so etwas wie ein schlechtes Gewissen an ihm zu nagen, weil er seine Mitmenschen oft als nicht so wichtig betrachtet hatte und sie auch manchmal entsprechend behandelte. Nun aber wurde ihm bewusst, dass jeder Mensch, dem er in seinem Leben begegnet, und sei es nur die Apothekerin oder der Verkäufer im Baumarkt, unglaublich wichtig für ihn sein könnte, so wie auch er wichtig für jeden anderen sein kann.

Er dachte an das Sprichwort ‚wie man in den Wald hinein ruft, so schallt es zurück', als Johanna ihm erklärte, dass alles, was man tut, auch zu einem zurückkommt. Oft zwar auf ganz andere Weise, aber stets mit der gleichen Intension, also entweder gut oder eben böse. Und so beschloss Matthias für sich, künftig ein besserer Mensch zu werden, in dem er bewusster auf seinen Umgang mit anderen Menschen achten würde.

"Nun, es ist nicht immer leicht, zu anderen nur gut und freundlich zu sein, wenn man aber selbst das Gefühl hat, von vielen nicht gemocht oder nur ausgenutzt zu werden", sagte er seiner neuen Freundin.

"Ist das so? Wirst du von deinen Mitmenschen nicht gemocht?", fragte sie überrascht.

"Naja, ‚nicht gemocht' trifft es wohl nicht ganz. Aber ich glaube, wichtig bin ich den meisten nur, wenn sie mich für irgendeine Hilfe gebrauchen können."

"Und du? Wie bist du zu ihnen? Meldest auch du dich nur bei ihnen, wenn du etwas von ihnen willst? Oder rufst du sie manchmal einfach so an und sagst ihnen, dass du sie magst und sie dir wichtig sind?"

"Nee, das macht man doch so nicht. Das wäre mir viel zu blöd", entgegnete Matthias.

"Siehste", erklärte Johanna, „dann musst du dich nicht wundern. Du bekommst das zurück, was du gibst. Wenn du damit beginnst, ihnen klar zu machen, wie sehr du sie magst, dann wirst du es auch von ihnen erfahren."

"Da hast du wohl recht", stimmte Matthias zu, wusste aber währenddessen schon, dass er nicht den Mut haben würde, seinen Freunden mitzuteilen, dass sie ihm wichtig sind oder sich mal dafür zu bedanken, dass er auch ihnen wichtig sein darf. Denn schließlich war er sich weiterhin nicht sicher, ob jeder seiner Kumpels wirklich gut von ihm denken würde.

Als er einige Tage später mal wieder eine dieser Ketten-Mails erhielt, in der eine rührende Geschichte erzählt wurde, die man laut Absender doch bitte an alle Freunde weiterleiten möge, schickte er diese Mail erstmals an viele gute Bekannte weiter. Auch Johanna erhielt seine Mail, die an dreizehn verschiedene E-Mail-Adressen gerichtet war.

Nachdem sie die Mail gelesen und selbst an ihre Freunde wietergeleitet hatte, schaute sie sich die zwölf weiteren Mail-Adressen von Matthias` Freunden an und hatte eine Idee. Sie schrieb jedem einzelnen seiner Freunde eine E-Mail, ohne dass Matthias etwas davon wusste. Darin teilte sie den jeweiligen Empfängern mit, dass sie Matthias eine Freude machen wollte und bat jeden darum, ihr kurz zu schreiben, was sie an Matthias am meisten mögen.

Innerhalb weniger Tage hatten alle geantwortet. Volker schrieb, dass er an Matthias schätzt, dass er immer da ist, wenn man ihn braucht. Elias berichtete davon, dass Matthias ein echter Freund sei, auf den man sich verlassen könne. Stefan antwortete, dass er besonders den Humor mag, mit dem Matthias ihn oft zum lachen bringt. Sarah lobte ihn dafür, ein guter und einfühlsamer Zuhörer zu sein. Und so setzte sich die Reihe der positiven Antworten fort.

Johanna fasste die Antworten dann in einer E-Mail zusammen, um sie Matthias zu schicken. Die Überschrift lautete „Deine Freunde" und über die Antworten der anderen schrieb sie: „da siehst du mal, was du deinen Freunden und Bekannten wert bist. Vielleicht könnt ihr euch nun endlich trauen, euch öfters mal mitzuteilen, wie wichtig ihr euch seid. Damit werdet ihr die Welt verändern – und zwar positiv."

Als Matthias diese Mail las, begann er vor Freude und Rührung zu weinen. Er war so überwältigt über das, was seine Freunde über ihn schrieben und auch, dass Johanna dies für ihn getan hatte, dass er lange Zeit keine Worte fand, um ihr angemessen zu antworten. Er begann mehrfach, eine Antwort-Mail zu verfassen, verwarf sie aber immer wieder. Letztendlich fasste er den Mut zusammen, sie anzurufen.

"Ich weiß gar nicht, wie ich dir danken soll", begann er das Gespräch. „Das war so toll von dir."
"Danke nicht mir, danke deinen Freunden", sagte Johanna.
"Also auch dir", erwiderte Matthias, „denn wie könnte ich mir eine bessere Freundin wünschen, als dich."
Dieser Satz brachte seine Freundin nun wiederum zur Rührung. Und sie schluckte vor Freude, als er nachschob: „du bist für mich wirklich ein Engel auf Erden."

Sie telefonierten sehr lange und an den nächsten Abenden nahm Matthias sich die Zeit, all seine Freunde nach und nach anzurufen und lange Gespräche mit ihnen zu führen. Mit einigen verabredete er sich auch für ein baldiges Treffen. So auch mit Elias. Er war der Freund, der das letzte Treffen abgesagt hatte, da er so knapp bei Kasse war.

"Wann hast du Zeit, dass wir unser Treffen nachholen", fragte er ihn.
"Naja, ehrlich gesagt kriege ich das wohl erst nach dem nächsten Monatsersten auf die Reihe. Sorry, aber ich weiß im Moment kaum, wie ich mir was zu essen leisten soll", antwortete Elias.
"Hey, wir sehen uns morgen, wenn du Zeit hast", verkündete Matthias fröhlich. „Wozu sind wir Freunde? Ich lade dich ein und ich kann dir bis zum ersten auch was leihen."

"Das ist nett von Dir", sagte Elias freudig, aber doch auch traurig zugleich, „aber ich kann das nicht annehmen. Du hast schon so viel für mich getan und ich weiß nicht, wann ich dir das Geld zurückzahlen kann. Versteh bitte, dass ich nicht immer nur Almosen annehmen möchte, ohne dann selbst etwas geben zu können."

Matthias antwortete entsetzt: „ohne selbst etwas geben zu können?!?! Hast du `ne Macke? Jetzt will ich dir mal was sagen: das, was du mir schon gegeben hast, ist mehr als alles Gold und Geld der Welt. Wie es aussieht, hat deine Geldnot und deine Absage unseres letzten Treffens dazu geführt, dass ich gerade dabei bin, eine neue Beziehung einzugehen. Vielleicht werde ich heiraten und Kinder kriegen und dann bist du Schuld daran." Matthias lachte und fuhr fort: „durch dich weiß ich jetzt, wer meine Freunde sind und was sie von mir denken und durch dich habe ich meine Einstellung zu zwischenmenschlichen Begegnungen geändert. Und da meinst du, du gibst nichts zurück? Wenn jemand dran ist, etwas zurück zu geben, dann bin das alleine ich."

Elias konnte seinen Worten zwar nur ansatzweise folgen, aber das, was Matthias sagte, fühlte sich gut an. „Naja gut, wie du meinst, dann treffen wir uns eben morgen", sagte er etwas zögerlich.

Als die beiden Freunde dann am nächsten Abend mit ihren Biergläsern anstießen, sagte Elias: „so, jetzt erkläre mir bitte erst mal, was das nun mit dieser Frau auf sich hat."

"Sie ist nicht bloß irgendeine Frau", sagte Matthias. „Sie hat mir das Leben neu erklärt. Ich habe jetzt besser denn je verstanden, dass unser Leben zum größten Teil aus Geben und Nehmen besteht und, wie im Supermarkt: je mehr man bereit ist zu zahlen beziehungsweise zu geben, um so mehr bekommt man zurück. Und was immer ich gebe und dafür zurück kriege, es wird die Welt nachhaltig verändern."

"Aha", sagte Elias mit zynischem Unterton und skeptischem Blick. Er lachte und fragte: „ist sie Theologin oder Psychologin oder versucht sie dich in irgendeine Sekte zu zerren?"

"Weder noch", entgegnete Matthias schmunzelnd.

"Also, ich glaube kaum, dass ich die Welt nachhaltig verändern kann, wenn ich der Kassiererin im Elektro-Fachmarkt fünfzig Euro in die Hand drücke und dafür einen DVD-Player bekomme", bemerkte Elias höhnisch grinsend.

"Naja, vermutlich nicht immer. Aber irgendwie eben doch", erklärte Matthias. „Voraussichtlich wirst du es zwar nie bewusst mitbekommen, aber die Welt ändert sich dadurch. Vielleicht regst du dich über die unfreundliche Kassiererin auf, hast dadurch einen schlechten Tag, drückst genervt auf dem neuen DVD-Player rum, der dadurch kaputt geht, du willst ihn umtauschen, aber das Gerät ist nicht mehr lieferbar. So kriegst du dann zwar dein Geld zurück, hast aber riesige Diskussionen mit dem Verkäufer, wirst in deinem Bekanntenkreis rum erzählen, dass dieser Laden scheiße ist. Deine bekannten behalten das im Hinterkopf und erzählen das auch jedem, wenn es um Elektro-Artikel geht. Und in ein paar Jahren ist der Laden pleite und den Stein, der das zum Rollen brachte, hast du als erster angetreten, ohne es zu wissen."

Elias schien mehrere Fragezeichen auf der Stirn tätowiert zu haben, während Matthias fortfuhr: „vielleicht ist die Kassiererin aber auch freundlich, dein DVD-Gerät funktioniert und du kaufst künftig deine DVDs im gleichen Laden und dir fällt immer wieder diese nette Kassiererin auf, die du eines Tages zum Essen einlädtst und anschließend pimpern wirst. Ihr werdet ein paar Jahre später heiraten und zwei Kinder in die Welt setzen. Und? Wird das die Welt verändern?"

"Ja ja, ist ja schon gut", lenkte Elias ein. „Ich hab es kapiert. Alles, was wir tun, hat Auswirkung auf das, was in Zukunft geschieht – sowohl uns, als auch anderen. Das ist es, was deine neue Schnecke sagen will. Richtig?"

"Richtig", stimmte Matthias zu. „Aber sie ist keine Schnecke, sie ist ein Engel."

Die beiden verbrachten diesen Abend und in den folgenden Jahren unzählige weitere Abende mit Gesprächen, die nicht mehr nur lustig waren, wie früher, sondern auch sehr tiefsinnig und nachdenklich. Mehrere Jahre waren mittlerweile in`s Land gegangen, in denen sie die Welt nachhaltig verändert hatten, ohne es überhaupt zu merken. Bewusst wurde es ihnen erst wieder, als Elias eine Karte an Matthias und Johanna schickte, in der er schrieb:

‚Ihr Lieben, ich gratuliere Euch von ganzem Herzen zur Geburt Eurer Tochter. Ich bin heute so unsagbar froh, dass ich vor mehr als vier Jahren mal sehr große Geldsorgen hatte. Ihr glaubt nicht, wie dreckig es mir damals ging, aber heute weiß ich, wofür das gut war. Hätte ich damals nicht aus finanziellen Gründen ein Treffen absagen müssen, wäre heute vielleicht ein entzückendes Leben weniger auf dieser Welt. Ich wünsche Euch und Eurer Tochter von Herzen, dass sie diese Welt genau so nachhaltig und wunderschön verändern wird, wie ich es unbewusst tat. Euer Freund Elias'

Der Schutzengel

Mirkos Augen waren noch ganz verklebt und geschwollen. Morgens schon um fünf Uhr aufzustehen, war nicht gerade seine Stärke. An diesem Morgen quälte er sich nach dem ersten monotonen Summen des Radioweckers aber schon recht schnell aus dem Bett. Normalerweise drehte er sich immer noch ein bis zwei Mal um, so dass der Wecker noch mehrmals im neunminütigen Takt seine Arbeit verrichten musste, bis Mirko sich endlich Richtung Bad bewegte.

Da die Wettervorhersage für diesen Tag jedoch Schnee und Frost prognostizierte, hatte Mirko sich vorgenommen, pünktlich aufzustehen, damit die Witterungsverhältnisse nicht etwa dafür sorgen würden, dass er zu spät zur Arbeit komme. Schließlich hatte er mindestens 45 Minuten Autobahn vor sich und da er an diesem Morgen alleine in der Werkstatt stehen würde, wollte er sich nicht erlauben, zu spät zu kommen.

So schaffte er es denn auch, die Garage mit seinem sportlichen Mittelklassewagen früh genug zu verlassen. Geschneit hatte es natürlich nicht. Er hätte sich also nicht unbedingt so früh aus den Träumen reißen lassen müssen, aber das konnte man zu dieser Jahreszeit ja nie genau wissen. Zudem war er sich nicht sicher, ob es nicht doch glatt sein könnte.

Während der Fahrt verlor Mirko jedoch den Gedanken daran, dass der Autobahnbelag gefroren sein konnte, und so fuhr er mit normaler Geschwindigkeit die gleiche Strecke, wie jeden Morgen. Dann plötzlich geschah es. In Sekundenbruchteilen schoss das Adrenalin durch seinen ganzen Körper und sein Puls raste gen Anschlag, als er merkte, dass er die Kontrolle über sein Auto zu verlieren schien. Die Autobahn machte lediglich eine leichte Linksbiegung, doch sein Wagen reagierte nicht auf sein leichtes Lenkmanöver. Hektisch und ohne bewusst nachzudenken, steuerte er das Lenkrad heftiger und ruckartig nach links, doch sein Gefährt reagiert darauf kaum. Reflexartig trat er die Bremse, um die Geschwindigkeit zu verringern, doch es schien, als würde sein Auto eher noch schneller.

Dies alles schien sich so rasend schnell abzuspielen, dass es in nicht viel mehr als zwei Sekunden geschah. Doch was dann passierte, schien sich vor Mirkos Augen wie in Zeitlupe abzuspielen. Es kam ihm wie eine Ewigkeit vor, die sein schwarzer Flitzer benötigte, um über die Fahrbahnmarkierung hinaus zu schlittern und durch eine Werbetafel zu prallen. Obgleich es rasend schnell ging, schien der durch Kontrollverlust gelähmte Fahrer in diesem Moment darüber nachzudenken, warum an dieser Stelle keine Leitplanke angebracht war.

Der Wagen rauschte durch die Plakattafel, die zum Langsamfahren animieren sollte, und holperte mit harten Schlägen eine etwa zwei Meter tiefe Böschung hinab, bevor er mit aufheulendem Motor zum Stehen kam.

Das Radio dudelte vor sich hin, als wäre nichts geschehen, während Mirko aufgeregt versuchte, tief durchzuatmen und zur Ruhe zu kommen. „Gott sei dank", schnaufte er, als er die Erkenntnis gewonnen hatte, dass ihm nichts geschehen war. Das Genick tat zwar etwas weh, so dass er davon ausgehen konnte, dass er möglicherweise ein leichtes Schleudertrauma erlitten hatte, ansonsten schien er aber ohne Blessuren davongekommen zu sein. „Puh, da hatte ich wohl echt einen Schutzengel", flüsterte er.

So wollte er nun also sein demoliertes Fahrzeug verlassen. Jedoch gelang es ihm nicht, die Türe zu öffnen, da der Holm des Wagens durch den Aufprall völlig verzogen war. Auch die Beifahrertür ließ sich nicht öffnen. Keinen Millimeter bewegten sich die beiden Ausgänge. Bei dem Versuch bemerkte Mirko jedoch Glassplitter auf dem Beifahrersitz und auf seinem Schoß.

Er blickte nach oben und stellte fest, dass das Glasdach seines sportlichen Coupés zum Teil zersprungen war. „Das ist die Lösung", dachte er. „Wer weiß, wann mich hier sonst jemand findet."

So machte sich der dunkelblonde Maschinenschlosser daran, die verbliebenen Glasteile aus dem Sonnendach zu entfernen, um dort eine Ausstiegsluke zu schaffen. Dabei schnitt er sich die Handfläche seiner linken Hand auf, da er nicht damit rechnete, dass die Kanten der Scherben so scharf sein könnten. „Scheiße!", schrie er laut.

Nachdem er die restlichen Glasteile vorsichtiger entfernt hatte, versuchte er nun aus der schmalen Öffnung zu steigen, was sich als schwieriger erwies, als ursprünglich angenommen. Er stand auf den beiden Sitzen, während ein Teil seines Oberkörpers bereits unversehrt aus dem Dach ragte. Er stützte sich nun vorsichtig mit beiden Händen auf dem Autodach auf, um auch seinen Unterkörper aus dem Wagen zu bekommen. Dabei rutschte er mit der blutenden linken Hand ab. Die Hand glitt abermals über die scharfe Kante des Glasdaches. Um dies zu verhindern, verlagerte er sein Gewicht blitzartig auf den rechten Arm und machte eine reflexartige falsche Bewegung, die seinen linken Unterarm zum Aufprall an den Harten Glasdachrand brachte.

Sofort verspürte er einen unsagbaren Schmerz, den er mit einem lauten Schrei quittierte. „Aaahh! Verdammt", stöhnte er anschließend abermals. „Oh Kacke. Der Arm ist mit Sicherheit gebrochen", murmelte er mit schmerzverzerrtem Gesicht, während er einen Blick auf seinen Unterarm warf. „So eine verdammte Scheiße", fluchte er, „war ja wohl nichts mit Schutzengel."

Mirko schien stinksauer und erregt zu sein. Dabei wusste er wohl selbst nicht, ob er darauf sauer war, dass der Schutzengel doch nicht so funktioniert hatte, wie er es ursprünglich empfand, oder ob er vielleicht eher wütend auf sich selbst war, weil ihm dieses Missgeschick passierte, obgleich er den eigentlichen Unfall ja unversehrt überstanden hatte.

Wesentlich vorsichtiger und unter starken Schmerzen versuchte er dann erneut, sich irgendwie aus dem Dach des ramponierten Fahrzeugs zu quälen, was ihm mit einigen Mühen dann letztendlich auch gelang. Vom Dach das Wagens sprang er dann vorsichtig auf die schräge Böschung und hoffte, dass ihm nicht auch dabei noch etwas zustoßen würde.

So stand er nun etwa einen Meter neben seinem Auto und fluchte abermals: „oh, Herrgott noch mal! Jetzt liegt mein Handy in der Karre. Ich Arsch. Wäre ich doch einfach drin sitzen geblieben, hätte die Feuerwehr gerufen und hätte mich rausholen lassen. Verdammt!"

In diesem Moment hörte er ein quietschendes Schleifgeräusch und einen lauten Schlag, der von schräg über ihm kam. Er schaute sofort den Abhang hinauf und war wie gelähmt vor Entsetzen und Schreck, als ein Auto den gleichen Weg durch die Werbetafel nahm, wie zuvor das seine. Mit noch mehr Schwung, als sein Wagen ihn vorher hatte, flog das Auto, das direkt auf ihn zuzukommen schien, genau auf das Dach seines Wagens.

Erst während das silbergraue Fahrzeug mit einem ungeheuren Krach auf dem Dach seines Autos aufschlug, sprang er mit ein paar Schritten geistesgegenwärtig die Böschung weiter hinab, um bei diesem ungeheuren Aufprall nicht zu Schaden zu kommen. Unzählige Kunststoff-Splitter flogen ihm dabei um den Kopf und der Lärm des Aufpralls war ohrenbetäubend.

Geschockt starrte Mirko eine Weile den schauerlichen Blechhaufen an. Erst, als der Fahrer des oberen Fahrzeugs scheinbar unverletzt aus seiner Fahrertür kletterte, ging Mirko wie in einem Trancezustand auf ihn zu. „Äh, a... a... alles okay?", fragte er den ebenfalls etwas verwirrt blickenden anderen Autofahrer stammelnd.

Nachdem dieser ein knappes: „ich glaube, ja" stotterte, schaute Mirko noch mal genauer auf sein Autowrack und stellte fest, dass der obere Wagen seine Fahrzeug fast bis zum Bodenblech flach gedrückt hatte.

Eine Weile war Mirko sprachlos. Dann stammelte er: „um ein Haar hätte ich noch drin gesessen."

(Diese utopisch wirkende Erzählung basiert tatsächlich auf einer wahren Geschichte)

Schweres Los

Mal wieder fragte Jennifer sich, warum sie immer bloß die Nieten zog. Auch sie wollte endlich mal das große Los. Wenn sie einen Mann kennen lernte, für den sie sich interessierte, dann machte dieser ihr sinngemäß zwar klar, dass sie eine tolle Frau sei, es aber für mehr als platonische Freundschaft nicht reiche. Und wenn ein Mann sich für sie interessierte, war es meist umgekehrt.

Viel mehr machte ihr aber zu schaffen, dass sie anscheinend dafür auf der Welt war, um für andere wie ein Hauptgewinn zu sein. Sie selbst bekam aber nie ein Stück vom großen Kuchen ab. Immer wieder berichteten ihr die Menschen, dass es für sie im Nachhinein tolle Auswirkungen hatte, sie kennen gelernt zu haben. So verliebte sie sich zum Beispiel in diesen Mann, der ihre Liebe nicht erwiderte, der aber von ihrem Kennenlernen so sehr profitierte, dass er heute Millionär war. Denn sie überredete ihn, seinen Traum von einer eigenen Firma zu verwirklichen, obgleich er sich dieses zuvor nicht getraut hatte. Mittlerweile führte er ein börsendotiertes Großunternehmen. Ihre Anfrage nach einem Job in seiner Firma erwiderte er jedoch mit einem übertrieben mitleidigen „ich denke, das wäre bei unserer persönlichen Situation nicht gut."

Unzählige ähnlich gelagerte Fälle musste Jennifer erleben. Immer half sie anderen auf die Sprünge, aber ihr konnte oder wollte niemand zu irgendeinem Auftrieb verhelfen.

So sprach sie im Traum zu Gott: „was habe ich verbrochen, dass nur ich den anderen Helfen darf, selbst aber nie Hilfe bekomme?"
Und Gott antwortete: „ist es in Deinen Augen ein Verbrechen, Gutes zu tun? Du verlierst dein Feuer nicht, wenn du daran ein anderes entfachst."

"Aber auch ich möchte mal glücklich sein", entgegnete Jennifer in ihrem Traum.

Gott aber sprach: „wenn es etwas gibt, von dem du glaubst, dass es sich lohnt, es zu besitzen, so wird es sich auch lohnen, darauf zu warten."

Jennifer wollte aber nicht länger auf das Glück warten müssen und sagte: „es ist aber so schwer, zuzusehen, wie andere von mir profitieren, während ich auf das Glück warten muss." Und Gott sprach: „wer hat behauptet, dass es Engel leicht haben?"

Treue Hunde-Seele

Vor etwa neun Jahren beschloss ich, gemeinsam mit meiner damaligen Frau, mir wieder einen Hund zuzulegen. Schon als Kind hatte ich eine liebe kleine Mischlingshündin namens 'Putzi', die ich sehr liebte. Da mir schon damals bewusst wurde, dass Tiere die besseren Menschen sind, wollte ich wieder einen Hund - am liebsten einen Schäferhund und am liebsten weiblich, da mir Rüden oft etwas zu wild waren.

Mein Vater hatte damals Kontakt zu einem Schäferhunde-Züchter, der eine bereits 3-jährige Hündin mit dem Namen 'Olga' abzugeben hatte. Sie lebte bis dahin gemeinsam mit ihrem Bruder 'Olaf' und weiteren Schäferhunden im Haus des Züchter-Ehepaares und sollte ausschließlich an jemanden vermittelt werden, bei dem sie es wirklich gut haben würde.

Als ich damals zu dem Züchter kam, um mir den Hund anzusehen, stürzten fünf wild bellende Schäferhunde auf mich zu, was selbst mich als Hundefreund etwas beängstigte. Ein weiterer Hund lief etwas hinter den anderen und begrüßte mich zuletzt, wobei sie als einzige mit dem Schwanz wedelte und sich sehr über meine Bekanntschaft zu freuen schien, zumal sie mir auch die Hand ableckte.

Ich sagte zu meinem Vater, der mich begleitete: "ich will DIESEN Hund und sonst keinen. Wenn das die Olga ist, dann gehört sie zu mir."

Und sie war es! Wir hatten uns von der ersten Sekunde an ineinander verliebt.

Auch meine Ex-Frau war sehr von ihr angetan, als sie Olga dann zu Gesicht bekam. Und so holten wir sie in einem Dezember vor neun Jahren ab. Am ersten gemeinsamen Abend glaubte ich dann aber, es mir bei ihr schon verscherzt zu haben. Wir wohnten damals im ersten Stock und Olga ging die Treppe zwar problemlos hinauf, traute sich aber nicht wieder herunter, denn Treppenlaufen war sie bis dato nicht gewohnt. Auf Anraten des Züchters zog ich sie dann einfach vorsichtig an der Leine herunter. Zwar lief sie die Treppe fortan freiwillig, aber mir schien, sie war stinkig auf mich. Am zweiten Tag jedoch, versuchte ich sie immer wieder dazu zu animieren, mit mir Ball zu spielen. Auch so etwas kannte sie bis dahin nicht. Aber sie fand plötzlich Gefallen daran, ich war wieder ihr Freund und von da ab war ich wohl mehr als das... Bis zu ihrem letzten Atemzug ließ sie mich in jeder Sekunde ihres Daseins spüren, dass sie mich abgöttisch liebte.

Sie akzeptierte mich als ihren 'Rudelführer', aber auch weit mehr. Sie gehörte nie zu den Tieren, die probierten, wie weit sie mit irgendetwas, was ihnen möglicherweise nicht erlaubt war, gehen können. Sie hat ausnahmslos und immer versucht, alles zu tun, um es mir recht zu machen. Sie war immer lieb. Natürlich musste ich sie gelegentlich schimpfen, um ihr Dinge beizubringen oder abzugewöhnen. Zum Beispiel musste sie lernen, dass sie bei uns nicht mehr auf die Couch durfte. Ich konnte mir nie vorstellen, dass es einen lieberen Hund geben kann, als meine Olga. Wobei dies sicher die meisten Hundebesitzer über ihren Hund behaupten.

Wir hatten in den nächsten Jahren unglaublich viel Spaß mit Olga, wobei sie immer extrem auf mich fixiert war, weniger auf meine Ex-Frau. Olga liebte, wie die meisten Hunde, lange Spaziergänge und raste über Wiesen und Felder. Am liebsten jagte sie Enten am Bach oder große Vögel auf den Feldern. Wenn ich nur den Begriff ‚Gassi gehen' erwähnte, dreht sie fast durch vor Freude.

Eine kleine 'Macke' hatte sie aber doch. Zwar liebte sie alle Menschen, aber mit anderen Hunden, die sie nicht kannte, kam sie nicht klar. Jeder Hund, ob groß oder klein, wurde lautstark angebellt. Teilweise richtig bösartig mit aufgestelltem Fell und gefletschten Zähnen. Daher musste ich sie immer an der Leine führen, wenn ein anderer Hund in der Nähe war. Ansonsten hörte sie aber auf alle Kommandos, wie 'Sitz', 'Platz', 'komm', 'lauf', 'bleib', 'bei Fuß', 'halt' etc. Es gab, wenn ich mich recht erinnere, nur vier andere Hunde, die Olga näher kennen lernte und mit denen sie sich auch anfreundete. Aber auch diese Hunde wurden bei jedem Wiedersehen erst einmal lautstark angebellt. Ich denke, dass Olga, vielleicht durch frühe Kindheitserfahrungen auf dem Züchter-Hof, generell Angst vor anderen Hunden hatte und daher dachte, dass Angriff die beste Verteidigung sei. Wenn sie einen Hund aber näher kannte, wurde dieser auch von ihr geküsst.

Als Olga etwa fünf Jahre alt war, machte ich mir erstmals große Sorgen um meine kleine Maus, denn sie hatte keinen Stuhlgang mehr, musste aber laufend brechen. Es wurde dann festgestellt, dass sie ganz knapp vor einem Darmverschluss war und generell einen empfindlichen Magen hatte. Ich legte fortan großen Wert darauf, dass sie nicht alles zu fressen bekam, was sie vielleicht gerne gewollt hätte. Es ging ihr dann aber wieder gut.

Drei Jahre später bemerkte ich, dass Olga ungewöhnlich viel trank und ich beschloss, an einem Donnerstag mit ihr zum Tierarzt zu gehen, obgleich ich eigentlich keine Zeit gehabt hätte. Da ich aber auch an dem nächsten Tag keine Zeit hatte, dachte ich sogar darüber nach, erst Montags mit ihr zum Arzt zu gehen. Ich ging dann aber doch bereits Donnerstags, was sich als äußerst richtig herausstellte, denn sie hätte das Wochenende laut Tierarzt nicht überlebt. Sie hatte eine schwere Gebärmutterentzündung, so dass ihr die Gebärmutter entfernt wurde, was keine ungefährliche Operation für eine Hündin ist. Sie überstand den Eingriff trotz sicher starker Schmerzen aber mit Bravour.

Etwa ein halbes Jahr danach zog ich dann gemeinsam mit

Olga aus dem ehelichen Haus in eine eigene Wohnung, da sich meine Ex-Frau und ich bereits einige Monate zuvor getrennt hatten. Olga war mittlerweile acht Jahre alt und sie war nicht mehr ganz so gut und schnell auf den Beinen, wie in den Jahren zuvor, aber sie war immer noch fit und liebte das Gassigehen und natürlich das anschließende Fresschen. Auch für Leckerlies zwischendurch hätte sie alles getan. Leider war Olga nun viel alleine, da ich damals nicht von zu Hause aus arbeitete. Erst zwei Jahre später, also in den letzten beiden Jahren, konnte ich dann quasi rund um die Uhr bei ihr sein.

Für Olga war es wohl das schlimmste, wenn man sie alleine zurück ließ, weil sie irgendwohin nicht mitkommen konnte. Daher bekam sie zur Ablenkung stets ein Leckerlie, wenn ich die Wohnung ohne sie verlassen musste. Aber wann immer ich konnte, nahm ich sie mit. So verbrachte sie zum Beispiel auch viel Zeit bei meinen Eltern, die sie auch sehr liebte und bei denen sie sich ebenfalls sehr wohl fühlte.

Bis Olga so etwa neun Jahre alt war, war ich immer sehr froh darüber, dass sie nicht zu den vielen Schäferhunden zählte, die an Hüftdysplasie, kurz HD genannt, litten. Jedoch stellte sich das dann leider auch bei ihr nach und nach ein. Ich stellte dann fest, dass sie kitzelig zu sein schien, wenn man sie an bestimmten Stellen auf dem Rücken streichelte. Eine eher zufällige Untersuchung beim Tierarzt brachte dann aber zu Tage, dass sie an einer Krankheit litt, die einige ihrer Wirbel zusammenwachsen ließ. Sie war also nicht kitzelig, sondern es tat ihr weh. Das wurde im Laufe der Zeit besser, als die Wirbel dann wohl zusammengewachsen waren. Allerdings führte das dazu, dass sie in den letzten zwei bis drei Jahren dann nicht mehr so gelenkig und sportlich war.

Es wurde mir daher empfohlen, das 'Stöckchenschmeißen' weitestgehend zu unterlassen. Vorher hatte sie es geliebt, hinter einem Stock her zu jagen und mir diesen zurück zu bringen.

Dies war nun nicht mehr oder nur noch bedingt möglich, weil ruckartige Bewegungen manchmal dazu führten, dass sie schlecht laufen konnte und im Extremfall sogar ein Bein nachzog, wobei natürlich auch die HD ihr übriges dazu leistete.

Somit bestand das Gassigehen in den letzten beiden Jahren also leider fast nur noch aus ganz normalen und nicht mehr so ausgedehnten Spaziergängen. Enten und Vögel jagte sie nicht mehr. Sie lief meist nur noch ansatzweise los, um sie zu vertreiben, aber weit gerannt ist sie nur noch selten und zuletzt gar nicht mehr. Ich versuchte natürlich auch, sie zu schonen.

Vor etwa anderthalb Jahren lernte Olga dann eine ebenfalls ältere Hundedame näher kennen, die ihr noch mal eine Menge Auftrieb gab. Zwar tollte Olga nicht mehr so rum, wie früher, aber die gemeinsamen Spaziergänge machten ihr sehr viel Spaß. Man merkte ihr nun aber allmählich an, dass sie alt wurde. Sie war ja nun auch schon elf. Öfters konnte sie ihr 'Geschäft' nicht mehr bis zur nächsten Grünfläche einhalten, wobei diese Phase dann auch erst mal wieder vorbei ging.

Im vergangenen Sommer lernte Olga einen weitern Hund näher kennen. Ein junger Rüde, der gerne dauernd mit ihr gespielt hätte. Sie war nun aber schon zwölf und ich dachte, sie fühlte sich zu alt und ihre Knochen machten nicht mehr so mit, denn sie wies den Rüden öfters ab. Gelegentlich lief sie dennoch mit ihm hin und her und sie mochte ihn sehr. Die gemeinsamen Spaziergänge durch die Felder machten Olga in diesem Sommer aber schon recht stark zu schaffen. Ich dachte, dass dies an der Hitze und eben an ihren alten Knochen lag. Dies waren aber sicher nicht die einzigen Gründe, wie ich später erfahren musste.

Ende des vergangenen Oktobers stellte ich fest, dass Olgas kleiner Zeh am linken Vorderfuß rot und geschwollen war und ließ dies beim Tierarzt röntgen. Dabei stellte sich eine, zuvor nicht sichtbare, starke Entzündung heraus, die bereits den Knochen angefressen hatte. Daher musste ihr der Zeh amputiert werden.

Es war ein mehr als trauriger Anblick, den sie in den nächsten Tagen bot, denn durch ihren Verband konnte sie nicht laufen. Sie konnte kaum auftreten und versuchte, mehr oder weniger auf drei Beinen zu springen. Es tat mir in der Seele weh, wenn sie mich dann immer so traurig ansah. Aber ich habe mich sehr intensiv um sie gekümmert, mich ganz viel zu ihr gesetzt und sie gestreichelt und ihr das Futter an ihren Platz gebracht.

Nach einer Woche konnte der Verband entfernt werden und Olga konnte wieder ganz normal laufen. Sie schien gar keine Schmerzen zu haben, sondern lediglich der Verband hatte sie wohl sehr gestört und gehindert. Natürlich war das ein Grund zur Freude, aber richtig fröhlich konnte ich leider dennoch nicht sein.

Denn ich hatte zuvor festgestellt, dass Olga geschwollene Lymphdrüsen hatte, die seit einigen Tagen nicht abgeschwollen waren. Sie wurde am ersten Novembertag daraufhin untersucht und die Diagnose lautete: Leukose, was eine Leukämie-Form ist. Der Arzt empfahl mir, ihr fortan Kortison-Tabletten zu geben, die ich ihr problemlos in Schmelzkäsescheiben verabreichen konnte. Er sagte: "mit Kortison kann sie noch ein paar schöne Monate haben."

Ich kümmerte mich nun ganz intensiv um meine Hündin. Nahm mir noch mehr Zeit für sie, als vorher und ließ sie auch nur noch sehr kurz alleine zu Hause. Durch das Kortison hatte sie einen ungezügelten Appetit und ich gab ihr viel mehr Leckerlies, als das früher der Fall war. Es war mir egal, ob sie in ihren letzten Monaten noch dick wird, ich wollte, dass sie glücklich und zufrieden ist.

An einem Montagabend, Ende November, gab ich ihr sogar drei Stücke von meiner Schokolade ab. Sie hatte sonst nie etwas 'vom Tisch' haben dürfen und schon gar keine Schokolade. Ich bin im Nachhinein froh, dies getan zu haben, denn es war ihr letzter Abend.

Eigentlich hatte sie in den letzten Wochen wieder einen recht fitten Eindruck gemacht. Natürlich, sie war nicht mehr die jüngste und die Knochen machten zu schaffen. Daher war sie oft träge, müde und faul. Aber wenn ich mit ihr raus gehen wollte, brachte sie mir nach wie vor ihren geliebten Ball. Dieser bunte Ball war Zeit ihres Lebens, neben mir und den anderen Menschen um sie herum, ihr Ein und Alles. Er war wie ihr Baby oder wie eine Puppe für sie. Wenn sie sich freute, zum Beispiel weil Gassigehen anstand, dann rannte sie los und suchte ihren Ball, um ihn mir zu bringen. Oft rauften wir auch um den Ball und sie war sehr glücklich, wenn sie nach einiger Zeit gewonnen hatte. Dann konnte sie ihren Ball minutenlang ablekken. Ach, sie war so süß.

Am Morgen des letzten Dienstags im November wusste ich beim Aufstehen noch nicht, dass dieser Tag wohl der bis dato dunkelste Tag meines Lebens werden würde. Olga lag, wie jede Nacht, vor meinem Bett. Nachdem ich aus dem Bad kam, lag sie wie gewohnt vor der Badezimmertür auf dem Flur, denn sie wollte immer so nah wie möglich bei mir sein.

Als ich sie dann fragte, ob wir Gassi gehen wollen, reagierte sie jedoch nicht. Erst, als ich ihr Halsband in die Hand nahm, stand sie auf. Aber sie schien sich sehr schwermütig hoch zu quälen. Erstmals freute sie sich nicht, dass es hinaus ging. Sie verrichtete ihr 'Geschäft' dann aber direkt vor der Tür auf dem Weg. Mir war klar, dass es ihr sehr schlecht gehen musste. Als ich ihr zu Hause das Halsband abzog, jaulte sie. Ich fühlte daraufhin nach den Lymphdrüsen an ihrem Hals und stellte fest, dass diese über Nacht extrem angeschwollen waren. Sie hingen richtig herunter, als hätte sie Wasser im Hals oder ähnliches.

Sie rührte dann auch ihr Fresschen nicht an und auch den geliebten Käse mit der Kortison-Tablette darin mochte sie nicht. Sie legte sich hin und würgte mehrfach, als wenn ihr etwas im Hals stecken würde. Ich wusste in diesem Moment, dass es zu Ende gehen würde.

Ich schilderte dieses der Tierarzthelferin am Telefon und ich sollte noch am gleichen Mittag kommen. Irgendwie war mir klar, dass es die letzte Fahrt mit meiner geliebten Olga sein würde. So verabschiedete ich mich zuvor zu Hause schon mal vorsorglich ausgiebig von ihr. Ich sagte ihr, dass sie mein Ein und Alles ist, ich sie immer geliebt habe und immer lieben werde. Dass sie mich in all der Zeit sehr glücklich gemacht hat und dass ich ihr wahnsinnig dankbar war und bin, dass sie immer treu und loyal bei mir war und für mich da war. Sie schaute mich an, als wusste sie, dass es ein Abschied war und ich bin mir sicher, dass sie, wie immer, jedes Wort verstanden hat – zumindest sinngemäß.

Die Fahrt zum Tierarzt war die schlimmste meines Lebens - nur die Fahrt zurück war noch schlimmer. Zum ersten Mal in knapp neun Jahren ging Olga dann freiwillig zum Arzt hinein und schien dort auch nicht so große Angst zu haben, wie sonst. Das war für mich das Zeichen, dass Olga entweder auf Hilfe hoffte... oder auf Erlösung.

Der Tierarzt, der ihr schon so oft helfen konnte, untersuchte sie und sagte, er wisse nicht, wie er diese so stark geschwollenen Lymphe wieder klein kriegen solle.
Er sagte dann: "wenn sie nicht möchten, dass sie leidet, dann ist jetzt der richtige Zeitpunkt..."

So willigte ich schweren Herzens ein, sie nicht leiden zu lassen und dann geschah etwas, das unglaublich klingen mag: Olga setzte sich und gab mir ihr Pfötchen, als wolle sie sich verabschieden. Ich konnte meine Emotionen und Tränen dann natürlich nicht mehr im Zaum halten.

Der Arzt setzte ihr dann eine Braunüle, was Olga tapfer wie immer ertrug. Er gab ihr dann zunächst eine Narkose, damit sie einschlief. Dabei stand ich die ganze Zeit vor ihr, streichelte sie und sie blickte mir voller Liebe, Vertrauen, und ich denke auch Dankbarkeit, in die Augen.

Es war gegen 12 Uhr 50 an diesem 27. November 2007, als sie ihre letzte Injektion bekam, was ich mir nicht ansah, da ich ihr mit verweinten Augen bis zu ihrem letzten Atemzug tief in die Augen blickte, ihr gut zuredete und sie streichelte. Sie sah so glücklich, friedlich und dankbar aus, als sie starb.......

Es war der schlimmste Tag in meinem Leben. Ich hatte meine Olga verloren, die fast neun Jahre lang meine aller beste Freundin war, aber auch meine Lebensgefährtin, meine Spielkameradin und mein Kind. In den neun Jahren hat Olga in meinem Leben mehrere Frauen kommen und gehen sehen, aber sie war die einzige, die mich immer bedingungslos liebte und bei mir blieb. Sie hat gespürt, wenn es mir nicht gut ging, sie hat mich getröstet, wenn ich traurig war, sie hat mich zum Lachen gebracht, wenn ich weinen musste und und und... Sie war immer da. Sie war mein Leben! Sie hat mich geliebt, wie ein Mensch nicht lieben kann, und ich habe sie geliebt und werde das Zeit meines Lebens tun.

Seit Olgas Tod ist es in meiner Wohnung und in meinem Leben unglaublich leer geworden. Ich habe es lange nicht geschafft, ihre Decke und was sonst so zu ihr gehörte, weg zu räumen, da ich sie vor meinem geistigen Auge noch lange Zeit dort liegen und mich angucken sah. Etwa vier Wochen brauchte ich, ihre Habschaften in einen Karton verpacken zu können.

Doch den bunten Ball, ihren so geliebten Ball, bewahre ich seither an einem besonderen Ort für sie auf und hüte ihn, wie meinen Augapfel.

Von dem Moment an, als sie starb, fühlte ich, dass Olgas Seele noch immer bei mir war. Sie spricht mit mir, auch heute noch. Ich weiß, dass es ihr da, wo sie nun ist, gut geht. Wie ich von ihrem Züchter erfuhr, ist ihr Bruder Olaf, der mit ihr zusammen auf die Welt kam, auf den Tag genau 14 Tage vor ihr gestorben. Ist das Zufall? Oder hat er sie zu sich gerufen?

Der Gedanke, dass sie nun vielleicht mit ihrem Bruder spielen könne, gab mir Trost. Und ich hoffte darauf und glaubte stets daran, dass ich sie eines Tages auf irgendeiner anderen Ebene wieder streicheln werde. Dennoch wünschte ich mir so sehr, dass ich ein Zeichen von ihr erhalten würde, durch dass ich mir sicher sein konnte, dass ihre Seele noch bei mir war.

Einige Tage nach ihrem Tod hatte ich einen schmalen Karton auf dem Boden stehen. Plötzlich fiel mir auf, dass dieser einen Schatten warf, der die Form eines Hundekopfes darstellte. Ich überlegte, ob dies ein Zeichen war.

Als eine Kerze auf dem Tisch eine Colaflasche so anstrahlte, dass der Schatten dieser ebenfalls wie ein stilisierte Hundekopf aussah, überlegte ich wieder, ob dieses ein solches Zeichen war.

Als mir kurze Zeit später in meinem Wohnzimmer kalt wurde, lehnte ich die Zimmertüre an. Dies hatte ich zu Olgas Lebzeiten selten getan, damit Olga jederzeit auf den gefliesten Flur gehen konnte, wo sie gerne lag, wenn ihr warm war. Keine Minute nachdem ich die Tür nun angelehnt hatte, öffnete sie sich von selbst wieder. Wie von Geisterhand ging die Tür soweit auf, dass Olga genau hindurch gepasst hätte. Ich überlegte wieder, ob dies ein Zeichen war.

Auch, als ich bei meinen Eltern zu Besuch war, und dort ein Bewegungsmelder automatisch das Licht anschaltete, obwohl niemand im Radius des Bewegungsmelders war, dachte ich darüber nach, ob Olgas unsichtbare Seele dort unterwegs war und dies nun ein Zeichen war.

Ein für mich eindeutiges Zeichen war dann jedoch ein Erlebnis, das ich etwa drei Wochen nach ihrem Tod hatte. Noch immer hatte ich regelmäßig das Gefühl, das Olga irgendwie bei mir war. Nachts hörte ich sie durch die Wohnung laufen oder trinken, wobei mir natürlich bewusst war, dass dies Einbildung sein konnte. Nun ging ich aber bei Tage auf einem Bürgersteig entlang, als plötzlich ein großer, kräftiger Schäferhund auf mich zugelaufen kam. Er bellte mich bereits aus einiger Entfernung an und als Hundeliebling wusste ich sofort, dass dies kein freundliches Bellen war. Das Herrchen des Hundes war noch etwa zwanzig Meter von mir entfernt und rief nach seinem Hund, der aber nicht darauf reagierte. Er lief weiter auf mich zu und je näher er kam, um so deutlicher konnte ich sehen, dass er sogar die Zähne fletschte. Welche Angst ich dabei bekam, muss ich wohl nicht erwähnen.

Doch plötzlich, etwa fünf Meter bevor der Hund mich erreicht hatte, bremste er ab und blieb stehen. Auch sein lautes Bellen verstummte. Der Hund schaute mich aber nicht an, sondern er blickte erstaunt neben mich. Überrascht und erfreut zugleich sah ich mich kurz um, da es den Anschein machte, als würde der Hund an meinem linken Bein vorbeisehen. Dann aber hatte ich wieder das Gefühl, als würde meine Olga noch links neben mir stehen, wie sie es früher getan hatte.

In diesem Moment wurde mir bewusst, sie war noch da. Ihr unsichtbarer Geist lief quasi wie gewohnt neben mir. Vielleicht war sie sozusagen als Engel erschienen, um den wild gewordenen Hund zu vertreiben und mir zu helfen. Als der Besitzer des inzwischen beruhigten Schäferhundes dann endlich auch bei mir angelangt war, sagte er: „Entschuldigen sie bitte, so etwas macht er sonst nie. Ich weiß gar nicht, was mit ihm los war."

Dadurch kam ich dann auf den Gedanken, dass Olgas Geist vielleicht gar nicht kam, um mir zu helfen, sondern dass ihre treue Seele mich die ganze Zeit weiter begleitete. Und möglicherweise hatte der fremde Hund sie wahrgenommen. Aus der Entfernung dachte er, neben mir sei ein anderer Schäferhund. Und so war er gar nicht bellend auf mich zugerannt, sondern auf Olga. Erst wenige Meter vor seinem Ziel stellte er dann fest, dass da eigentlich gar kein Hund war. Daher schaute er auch so überrascht und peinlich berührt.

Von diesem Moment an war mir jedenfalls bewusst, dass ich das gewünschte Zeichen erhalten hatte und dass meine treue Olga weiterhin bei mir war und mir beistand. Und ich habe daraus gelernt, dass Tiere tatsächlich die besseren Menschen sind – zumindest, wenn es darum geht, übernatürliche Erscheinungen war zu nehmen.

Über den Autor

Manfred Hilberger

Manfred Hilberger, der Autor dieses Buches, wurde im Januar 1971 im mittelhessischen Marburg geboren, wo er auch aufgewachsen ist. Schon in frühester Kindheit fiel er durch seine Kreativität und Hang zu Künsten, Philosophie und Musik auf. Stets zeichnete und malte er gerne, erstellte Comichefte und kindliche Romangeschichten. Ab dem Alter von neun Jahren galt seine große Liebe dann jedoch vornehmlich der Musik.

Hilberger bekam zwei Jahre lang Klavierunterricht und mit elf Jahren erlernte er von die Pike auf das Bedienen des Schlagzeugs. Weitere Instrumente folgten. Schon als jugendlicher Schlagzeuger trommelte er im hessischen Landes-Jugendorchester, bevor er schon mit 17 Jahren für die Bundes-Big-Band nominiert wurde, in der er sechs Jahre lang Schlagzeug und Percussion bediente.

Seine Liebe galt aber stets der Rockmusik und da er auch großen Spaß am Singen und Texten hatte, gründete er Ende der 1980er Jahre nach ein paar Schülerband-Aktivitäten die deutschsprachige Rockgruppe „Dr. Stage", mit der er als Sänger bis Ende der 90er Jahre zahlreiche Achtungserfolge, wie Kulturförderpreis-Auszeichnung, Fernseh- und Radioauftritte, zahlreiche Konzerte etc., absolvierte. Zu Beginn dieses Jahrhunderts folgte dann die Band „Flursn?", bei der er als Sänger und Schlagzeuger gleichzeitig agierte, und in 2008 beginnt er ein neues Live-Band-Projekt mit dem Namen „OnyxOrange".

Neben seinen musikalischen Live-Projekten produzierte Manfred Hilberger aber vornehmlich eigene Solo-CDs (bis 2008 bereits neun an der Zahl), bei denen er fast alle Instrumente selbst einspielte. Dabei präsentiert er stets seine eingängige Rock-/ Popmusik mit ansprechenden und tiefgründigen deutschsprachigen Texten.

Neben der Musik interessierte Hilberger sich aber stets auch für das Schreiben. So hat er bis 2008 bereits mehr als 1.700 deutschsprachige Liedertexte verfasst, die zum Teil auch von anderen Musikern interpretiert werden. In der bundesweiten Musikszene machte er sich zudem vor allem als Autor seiner musikalischen Fachbücher ‚Das Rock- & Popbusiness', ‚CD-Herstellung von A - Z' und ‚GEMA – leicht gemacht!' (erschienen beim renommierten Voggenreiter Verlag) einen anerkannten Namen.

Zudem verdient der selbständige Musiker und Buchautor sein Geld auch mit dem Zeichnen von Auftrags-Portraits und dem Malen von Acryl-Gemälden (auch das Cover dieses Buches hat er selbst erstellt) und weitere kreative Tätigkeiten. Schon lange aber hat er geplant, auch belletristische Literatur zu veröffentlichen. Schon mehrfach begann er mit dem Schreiben von Romanen, die er zunächst aber wieder verwarf.

Durch den Tod seiner Schäferhündin, die neun Jahre lang seine beste Freundin und treueste Begleiterin war, kam er Ende 2007 dann auf die Idee, Erzählungen zu verfassen, die sich mit dem Sinn des Lebens, der Liebe, dem Tod und anderen wichtigen Dingen, wie Freundschaften, Arbeit etc. beschäftigen. Entstanden ist dabei dieses Buch, das sicher nicht die letzte belletristische Veröffentlichung von Manfred Hilberger sein wird.

Weitere ausführliche Infos über Manfred Hilberger und seine Aktivitäten finden sie im Internet unter: **www.hilberger.de**.

Einige bisherige Veröffentlichungen des Autors Manfred Hilberger:

CDs (zu beziehen bei **www.hilberger.de**):

CD ‚Egoist'
(2007)

Doppel-CD ‚So weit, so...' CD „nach vorne'
(2005) (2004)

CD ‚Supernova'
(2002)

CD ‚galant provokant'
(2001)

‚Dr. Stage'-CD ‚Achtung'
(1995)

Bücher (zu beziehen bei **www.music-book.de**):

Buch ‚GEMA –
leicht gemacht!'

Buch ‚CD-Herstel-
lung von A-Z'

Buch ‚Das Rock- &
Pop-Business'

Hilberger's Portraits und Zeichnungen finden Sie unter **www.Portrait-vom-Foto.com**.